中华先锋人物
故事汇

马海德

医疗战场上的常胜将军

MA HAI DE
YILIAO ZHANCHANG SHANG DE
CHANGSHENGJIANGJUN

张菱儿 著

党建读物出版社　接力出版社

图书在版编目（CIP）数据

马海德：医疗战场上的常胜将军/张菱儿著．—南宁：接力出版社；北京：党建读物出版社，2024.1
（中华人物故事汇．中华先锋人物故事汇）
ISBN 978-7-5448-8402-0

Ⅰ.①马… Ⅱ.①张… Ⅲ.①传记小说–中国–当代 Ⅳ.①I247.5

中国国家版本馆CIP数据核字(2023)第247220号

马海德——医疗战场上的常胜将军
张菱儿　著

责任编辑：朱露茜　史万里
责任校对：李姝依　杨少坤
装帧设计：严　冬　　美术编辑：高春雷
出版发行：党建读物出版社　接力出版社
地　　址：北京市西城区西长安街80号东楼（邮编：100815）
　　　　　广西南宁市园湖南路9号（邮编：530022）
网　　址：http://www.djcb71.com　　http://www.jielibj.com
电　　话：010-65547970/7621
经　　销：新华书店
印　　刷：北京科信印刷有限公司
2024年1月第1版　　2024年1月第1次印刷
787毫米×1092毫米　32开本　　4.5印张　　66千字
印数：00 001—10 000册　　定价：25.00元

版权所有　侵权必究

质量服务承诺：如发现缺页、错页、倒装等印装质量问题，可直接联系本社调换。
服务电话：010-65545440

目 录

写给小读者的话 ……………… 1

穿女士皮靴的小男孩 …………… 1

医学博士的梦 …………………… 9

为穷人治病的马大夫 …………… 15

书店里的新朋友 ………………… 23

有趣的舞会 ……………………… 29

半张五英镑钞票 ………………… 35

小毛驴引路 ……………………… 41

骑马唱山歌 ……………………… 47

说陕北话的洋军医 ……………… 53

拥有了一个中国名字·············59

窑洞里的入党申请书··········65

穿上八路军军装·············73

白求恩的对外联络人··········77

延安的"万能博士"···········83

"我是中国人"················91

消灭旧社会"毒瘤"···········97

"怕脏怕臭做不了医生"········105

再见父亲··················113

带病寻外援················121

病房里的办公室·············125

写给小读者的话

小朋友,你知道第一位加入中国共产党的外国人是谁吗?

你知道第一个加入中国国籍的外国人是谁吗?

你知道第一个从西方远渡而来参加中国工农红军的医学博士是谁吗?

聪明的你肯定已经猜到了,这个人正是我接下来要讲的马海德先生——在二十世纪三十年代,从大洋彼岸不远万里来到中国的热血青年。

为了写这本书,二〇二三年九月初的一天,我来到美丽的北京后海,叩响了马老家红色的大门,采访了他的儿子周幼马先生。周幼马先生用幽默的语言、舒缓的语调,讲述了"老爹"的那些往事。

追随周幼马先生的讲述，我眼前出现了马海德先生在困境中勤奋求学的身影；出现了他奔波在战火纷飞的战场上，奋不顾身救助伤员的形象；出现了他在延安唱着歌，行走在山顶或沟壑间，为人治病和筹建边区医院时疲惫而快乐的背影；出现了他为救助麻风病患者，驱马奔驰在茫茫戈壁滩和辽阔大草原上的影像……我被马老的事迹感动着，内心激情澎湃，几度热泪盈眶，马海德的形象在我脑海里越来越高大，也越来越清晰。

马海德先生是一名成功的医生。他从美国来到正处于动荡时期的旧中国。在上海落脚后，他逐渐有了自己的诊所，有车有钱，工作之余，去舞厅跳跳舞，去咖啡厅聊聊天，去和社会名流来往，舒适无忧。他完全可以一直这样生活下去，他的人生可以是另一种模样，但他偏偏选择了去当时一穷二白的陕北，并选择了留下来，还坚定地成为中国共产党的一员。"这里需要我！"一种强烈的责任感和使命感在呼唤着他，于是他遵从了自己的内心，成就了一生的传奇。即使是身患癌症后，他也没有躺在病床上，反而对儿子幼马说："我会战胜癌症的，这个病最少能存活七年，我已经等不及了，我还有太多的事情要做！""太多的事情"指的是消灭当时盘旋在中国老百姓头上的"恶魔"——麻风病。他抱病到国外四处奔波，出访了十几个国家，筹集到总价值上千万美元的药品、医疗器材和交通工具，为彻底消灭麻风病而战。

大爱无疆，马海德先生在中国度过了五十五个春秋。作为我国卫生事业重要的奠基人之一，他将自己的主要精力投入到公共卫生和控制麻风病等疫病的事业中，他以崇高的人道主义精神和精湛的医术，将自己的全部智慧奉献给了中国人民的解放事业和建设事业。

马海德先生的名字犹如一座高高矗立的灯塔，照亮我们脚下前行的道路，指引着我们像他一样，做一个纯粹的人，做一个心有大爱的人，做一个具有国际主义精神的人，将来能够造福社会，造福人民，造福子孙后代，同时把爱的种子播撒到世界各地。

他是一位洋大夫，却有着一颗赤忱的中国心！

穿女士皮靴的小男孩

一九一〇年九月二十六日，在美国纽约州布法罗市一户钢铁工人家里，突然传出婴儿的哭声，家里添了一个男婴。全家人都很开心，父亲纳霍·海德姆是来自黎巴嫩的阿拉伯人，他给男孩取名乔治·海德姆。男孩就是后来的马海德。

随后几年，小马海德的大妹妹莎菲亚、二妹妹费丽达和弟弟约瑟夫相继出生，父亲一个人的工资很难支撑一家六口的开支，生活过得越来越不宽裕，需要一点儿一点儿算计着过日子。

妈妈萨曼每周都会用家里自制的烤炉给孩子们做阿拉伯烤饼吃。做烤饼需要烧煤，小马海德是家里的老大，从小就懂得为父母分忧，他常常和一起玩耍的几个孩子结伴到布法罗火车站附近捡从火车上倾倒下来的煤核儿——没有完全烧透的煤块或煤球——给妈妈烧饭用。车站附近常有警卫巡视，有时候他们会遭到警卫驱赶。有一次，小马海德和同伴正弯着腰专心致志地捡煤核儿，突然，一阵刺耳的哨声响起，小马海德抬头一看，几名警卫气势汹汹地朝他们冲了过来。小马海德拎起半筐煤核儿就跑，慌不择路，一不小心脚踩到了一颗钉子，钉子深深扎入他的肉里，钻心地疼。他眼睛一闭，咬紧牙关拔出了钉子，一瘸一拐地跑回家。母亲见他的脚受伤，又心疼又难过，含着泪给他包扎伤口。

虽然生活比较困难，但是在小马海德到了上学的年龄时，爸爸妈妈还是把他送进了当地的小学。爸爸妈妈不识字，吃了没有文化的亏，不愿意让儿子再像他们那样生活。

开学那天，小马海德被母亲精心打扮了一番，漂漂亮亮地来到学校。他上身穿着一件样式奇怪的小西装，是用爸爸带条纹的旧睡衣改制的。他脚上套着一双半旧的皮靴，还是半高跟的，系着带子。原来这是一双女式皮靴，因为价格便宜，被爸爸从旧货市场淘了回来。

小马海德一走进教室,就遭到了班里几个富家孩子的嘲笑:

"噢,小斑马,快进来吧!"

"哈哈,你是女孩吗?还穿系带子的鞋。"

"哇,你竟然穿着一双女式鞋!"

……

同学们不友好的话让小马海德觉得很尴尬,他孤单地站在教室的一角。直到老师进来,让同学们回到座位,教室里才安静下来。同学们不友好的话语和笑声深深刺痛了小马海德的心,他知道这是爸爸妈妈费尽心思为他准备的衣物,他在心里不由得暗暗发誓:我一定会努力读书,要比你们这些嘲笑我的人都优秀。长大后我要赚很多钱,让爸爸妈妈过上好日子。

放学后,小马海德没有把自己在学校里不愉快的遭遇告诉爸爸妈妈,他不想让他们难过和担心,可他也不想再穿这双女士靴子上学了。于是第二天上学的时候,他悄悄把一双破旧的鞋子装进书包。快到学校的时候,他把脚上的靴子脱下来,换上旧鞋，然后把靴子藏进学校附近一个仓库地板上的窟窿里，等到放学回家的时候，再换回来。

小马海德天资聪慧，加上他的勤奋和用心，上课认真听讲，下课仔仔细细地完成作业，一个学期下来，他的各科成绩都是优秀，这让老师和同学们都对他刮目相看。

小马海德也很乐观，一开始同学们的嘲笑没有让他消极悲观，他用努力学习和开朗的性格改变了同学们对他的态度，并且交到了好朋友，在学校也越来越快乐。回到家，他也不忘分担爸爸妈妈的家务，照顾弟弟妹妹们。

当时，布法罗市有一家无声电影院，从早到晚循环放映电影。小马海德家里穷困，口袋里没有多余的钱可以自由支配，不能像那些富家孩子一样，买好电影票，大摇大摆地走进影院看电影。一天，小马海德突发奇想，带着四名和他一样想看电影却没钱买票的同学来到电影院，与影院老板沟通。最后，老板答应他们几个孩子，每天下午放学后，可以来电影院看末场的电影，条件是散场后，无偿地负责打扫干净电影院的场地。那时，电影院门口两边有卖爆米花的商贩，很多人喜欢看电影前买袋爆米花，一边吃一边看，吃完爆米花就把包装袋随手丢在地上。小马海德和其他几个孩子，每天都会从电影院扫出一大堆垃圾。不过他们依然为能够看到电影感到开心。

小马海德八岁那年，全球暴发了流行性感冒，造成数千万人死亡。小马海德一家人不幸都被感染了，因家里贫穷，没有药品，尽管年幼的马海德病得最重，他也不哭不闹，忍受着病痛的折磨。多亏一位老大夫得知他家缺少药品和食物，免费为他们检查病情、打针治病。老大夫每天定时来敲门，把药品和食物放在他家门口的盒子里，再加上当地慈善团体和邻居送来的食物，一家人终于渡过了难关。小马海德的身体也渐渐恢复，他很感激那位白发苍苍的老大夫。他的身影久久刻在小马海德的心里，给他埋下了一粒梦想的种子——长大后也要像那位老大夫一样，做一名心有大爱的医生，治病救人。

后来，父亲失业了，开始做生意。在小马海德读三年级的时候，全家人搬到了北卡罗来纳州的格林维尔市。

马海德读高中的时候，父亲的生意不景气，家里生活依然拮据，他只能一边打工挣钱，一边上学。一位黎巴嫩商人答应承担他上学的费用，条件是马海德周一到周六的晚上和周日全天必须到他的百货店里干活儿，马海德点头答应了。这位商人很刻薄，不仅要他清扫和整理百货店，还要他煮饭烧菜，几乎承担了所有的家务，而且那位商人脾气很暴躁，稍不满意，就像遇到火星儿的地雷一样爆炸。有时，马海德放学稍微晚点，没能按时到达店里，商人就会不高兴，挨打受骂成了马海德的家常便饭。少年时期的马海德，没有任何时间参加棒球、足球、篮球等体育运动，每天除了上课，就是干活儿和写作业。

值得自豪的是，马海德的学习成绩一直名列前茅。他一直记得小时候的梦想，高中毕业时，他和父亲商量想当医生，得到父亲的赞赏。美国人很尊重医生这个职业，因此父亲认为，将来儿子当了医生，开一个诊所，不但能赚很多钱，还能使海德姆家族显赫起来。

就这样，马海德十七岁时，以优秀的成绩进入北卡罗来纳大学读医学预科，一家人都很开心，家里终于出了一位能够接受高等教育的人了。虽然高昂的学费依旧让马海德的父母犯愁，但马海德依旧如小时候一样乐观，没有钱可以自己赚呀！他靠打工挣钱养活自己，平时还在学校的食堂勤工俭学当服务员。每天，他要比其他同学早起，上课前给同学们送早餐；下午放学，他要到食堂给同学们端菜端饭；同学们吃饱后，他还要负责把餐具收齐，送到厨房。这样他就可以免费吃饭，节省下自己的饭钱。他还去鞋店打工，挣点零花钱，用来买书和日用品等。为了缩短读大学的学习年限，节省学费，马海德节假日不休息，即便是暑假也在学习。

读医学预科的同学都是立志要当医生的青年，他们课下经常讨论两年预科读完后，去哪所大学更好。马海德向往约翰·霍普金斯大学医学院，可是，当时美国种族歧视严重，对于移民、非裔和犹太人，美国本土医学院有人数限制，唯一能接收他的医学院是黎巴嫩的贝鲁特美国大学医学院。于是从北卡罗来纳大学医学预科毕业后，马海德义无反顾地选择了贝鲁特美国大学,并获得了有关教育部门的批准。

全家人都很兴奋,父母因为儿子能回老家去上学,做一个"有学问的人"感到欣慰。收到贝鲁特美国大学的录取通知书后,母亲特意炖了一锅羊排,一家人围坐在桌前,热热闹闹地吃了一顿美味大餐。

父亲写信给老家的亲朋好友,高兴地告诉他们马海德要回去读大学的好消息,并请他们好好接待。

医学博士的梦

贝鲁特美国大学毗邻地中海，布满阿拉伯式的黄色建筑，掩映在绿树成荫的碧海蓝天下，看上去非常美丽。马海德入学的第一天就喜欢上了这个地方。

他在报到处报到后，没有像其他同学一样着急去宿舍放行李，而是背着包在校园里漫步，四处走走看看，想尽快熟悉校园环境。当走进医学院教学楼大厅时，他看到一行金色的大字"促进全人类的安康"，忍不住停下了脚步。这句话是洛克菲勒为以他的名字命名的基金会写的一句宗旨，洛克菲勒被称为"石油大王"，是十九世纪第一个亿万富翁，他相信平安和健康是人类幸福的根本。看到这句话，马海德感觉热血沸腾，他伫立了很久，暗暗下决心一定要努力学习，做个有用的人。

在父母的故乡上大学，马海德适应得很快。由于学费方面的负担少了一些，他有更多的时间学习、参加学校活动、与人交往，他的性格也更加开朗。在这里，他结识了两个志同道合的朋友——拉泽尔·卡茨和罗伯特·雷文森，他们三个都来自美国，而且最重要的一点是，三个人志趣相投，都希望成为为人类健康而奋斗的医生。

虽然医学专业学习任务重，但马海德每门功课成绩都很优秀，他还积极参加课外活动，在体育方面的表现也很出色，乒乓球、篮球等运动他都喜欢。马海德深深体会到大学的自由，在学习之外他积极拓展自己的视野，参与不同的活动。不过他没有忘记自己来上大学的初衷，继续在学业上钻研。

因为成绩突出，马海德得到了洛克菲勒基金会奖学金的资助，获得了攻读博士研究生的机会。于是，一九三一年秋天，马海德和两个好朋友卡茨、雷文森怀着当医生的梦想，一起从贝鲁特美国大学转入瑞士的日内瓦大学医学院继续深造。

在申报研究专业的志愿时，马海德选择了皮肤科，卡茨选择了内科，雷文森则选择了妇科。马海德对两个朋友说："我们三个人这样选择也好，将来都可以开一个全科小医院了。"他们到附属教学医院参观，看到医院的条件很好，窗明几净，设备先进，马海德也憧憬着自己今后能开一家这样的医院。

研究生阶段的课业更重了，马海德、卡茨和雷文森经常在一起交流学业，探讨一些症状在各科之间的联系和区别，这拓宽了他们的知识面，在彼此的知识领域起到了互补的作用。他们在刻苦学习之余，把生活安排得丰富多彩，经常结伴去游泳、爬山、滑雪、骑自行车旅行等，一起欣赏瑞士优美的自然风光。马海德的舞也跳得越来越好，无论是校内还是校外的周末舞会，他都会被重点邀请。马海德会讲一口流利的法语，说话幽默，喜欢与人交谈，而且长得高大帅气，因此他在学校里受到老师和同学们的喜爱。

瑞士日内瓦是红十字国际委员会的总部所在地，日内瓦大学开设的医疗人文课，其中就有对

"亨利·迪南与红十字国际委员会"的学习。通过这门课程，马海德了解到亨利·迪南的事迹。亨利·迪南是一名日内瓦商人，在欧洲经历了索尔费里诺战役后，一八六三年，他创立了红十字国际委员会这个世界上最早的红十字组织，开辟了这项造福全人类的伟大事业。一九〇一年，亨利·迪南获得了首届诺贝尔和平奖。

马海德和两位朋友阅读了亨利·迪南的《索尔费里诺回忆录》，并专门拜访了红十字国际委员会。从此，这个影响全世界人道主义和医疗卫生工作的国际机构深深印刻在马海德的心里。

在写毕业论文前，马海德和卡茨、雷文森到一家医院实习。在此期间，马海德结识了一位中国留学生，正是从他嘴里，马海德知道了这个遥远而神秘的东方古国。

一九三三年，马海德、卡茨和雷文森即将博士毕业。他们已经懂得了人体解剖学、生理学、病理学、药理学等各方面的医学知识，踌躇满志，准备回美国找份好工作。可是美国正处于经济大萧条时期，欧洲有政治风暴，他们三个商量，读万卷书，行万里路，毕业后不着急回家，可以先去周游世界，看看世界的样子。他们不打算待在美洲和欧洲，而是到另一个国家去工作一段时间，等美国的情况好转一些再回去。可是，去哪里呢？三个人你看看我，我看看你，一时间没了主意。

马海德突然想起从报纸上看到的消息，说中国正流行某种热带皮肤病。那时大部分外国人只能通过报刊、书籍的只言片语了解中国，这个神秘的东方国家让他神往，而医生的使命感也让他有了前往中国的理由。于是他对两位好友说道："到中国去吧！上海是中国一座充满传奇色彩的城市，人们称它'十里洋场''东方巴黎'，世界各国的轮船都在上海港停泊。"

卡茨和雷文森也曾听说上海"遍地黄金"，是外国人的"天堂"，所以马海德的提议立刻得到了他们的响应。三个热血青年决定马上买船票到上海，在中国从医考察，并各自写信告诉了家人："一年以后，我们再从上海返回美国。"

为穷人治病的马大夫

一九三三年秋天,一艘从地中海开来的荷兰班轮拉着长长的汽笛声慢慢驶进上海黄浦江码头。船上的人群中,三个美国青年好奇地拥到栏杆旁,打量着码头上停靠的外国轮船和密密麻麻的中国沙船,还有外滩上鳞次栉比、形态各异的洋楼。他们第一次见到这种景象,抑制不住心里的激动和兴奋。班轮停稳后,三位年轻人随着熙熙攘攘的人流走下船,他们就是马海德、卡茨和雷文森。

他们满怀对中国的好奇,带着简单的行装,踏上了上海这片土地,选择了为期一年的医疗工作和对热带病的考察实习。这一年,马海德二十三岁。

他们下船后,就近在上海英租界地区找地方住下。放下行李，他们顾不上海上颠簸的辛苦和劳累，兴致勃勃地来到最繁华的南京路上。已是夜晚，街上霓虹闪烁，人流如织，看上去很热闹。他们一想到自己将要在这个拥有数亿人口的东方大国，施展自己的学识，治病救人，进行医学研究，心里就很兴奋。

没过多久，他们三人在英国人开在上海的医院里各自找到了适合的工作。这些医院都是慈善性质的，向病人收取的诊疗费用很低，因此医生的工资待遇也很低。马海德他们三个人都刚刚踏出校门，没有任何工作经验，基本被医院当作志愿者，因此收入就更低了。为了维持生计，他们不得不做一些兼职工作，例如给医学院的学生上临床课，赚取租房费用和日常生活开支。

虽然是慈善性质的医院，但是马海德发现，病人在医院看病需要一定的手续和费用，缺乏手续的危重病人没法得到收治，而等手续齐全后，病人病情大都变得很严重。遇到这种情况，马海德总会想尽各种办法诊治，极力抢救病人，可即使医术再高，也常常无力回天。作为救死扶伤的医生，眼睁睁看着病人咽气,马海德感到十分痛苦。

一天晚上,马海德正在医院值班,突然,几个人抬着一名病人冲进急诊室,说病人肚子痛两天了,吃了止痛药也不管用,体温还越来越高,不知道怎么回事。马海德急忙为患者做检查,确诊是阑尾炎。他赶紧为病人做手术,由于阑尾溃烂,病人的腹腔到处是脓水,再晚点就会有生命危险。

马海德从手术室出来,心情很沉重。回到住处,他一脸无奈地向卡茨和雷文森倾诉心里的苦闷:"今天这个病人送来得太晚了,就是因为没有钱治病给耽误了。这个社会真让人受不了,阑尾炎也可能死人。如果有钱,早入院半天,也不至于有生命危险呀!"

卡茨和雷文森也深有同感。卡茨对雷文森说:"再这样干下去真没有意思。"

当时上海地区的普通百姓生活穷困,患了病能忍就忍,能扛就扛,以为扛过去就好了,一直拖到病重得实在熬不过去,才被送到医院,这时早已错过治疗的最佳时机,医生也束手无策了。

于是,马海德和卡茨、雷文森三个人商量:

"不如我们自己开个小医院吧！在日内瓦时咱们就向往过。"他俩也正有这种想法，三个人一拍即合。

不久，他们各自辞职，共同出资，在九江路上租了一个房子，开了一家私人诊所。诊所开设三个科：外科，内科兼眼耳鼻喉科，皮肤科。马海德负责皮肤科。

九江路很长，路两边有许多纵深的弄堂，居住着许多老百姓，有搬运工人、人力车夫、缫丝厂的童工等。他们每天都为糊口奔波劳碌，出现头疼脑热都舍不得花钱去看医生。见此情景，他们商定诊所面向上海的普通百姓，因此规定的看病收费标准很低。他们还买了一辆福特牌小轿车，可以开车出诊，也可以当救护车接送病人。

一九三四年春，卡茨收到父母来信，催他回美国结婚，因此他离开了上海。诊所剩下马海德和雷文森两人合力支撑。虽然来诊所看病的人不多，但渐渐地，诊所在上海医界开始小有名气。

这年夏季的一天，上海一位著名的皮肤病专家来到马海德的诊所，他说自己要休假三个星期，想请马海德在此期间接替他的工作。马海德有些犹豫，在和雷文森商量之后，还是答应了专家的请求。

在接替专家工作期间，有一天，马海德出门不久，一个衣着讲究的男人手里提着一个高级文件包走进他们的诊所，声称"有一笔大买卖要做"。

雷文森接待了他。

来人说他有两公斤纯海洛因，他们给病人开药方的时候，可以提供给需要的人。

"这可是在贩毒啊！"雷文森说。

来人嘘了一声，示意雷文森小点声："这里是公共租界，你们是美国人，享受治外法权，谁也不能来碰你们。和我们一起干吧，干好了，你很快就能发大财。"

雷文森客气地拒绝了他："不，我是医生，是治病救人的，不是贩毒的。"

那个人一脸苦笑地离开诊所。

晚上，马海德回来后，雷文森和他谈起这件事情，马海德感叹道："我们的处境真是糟糕透顶！"

雷文森望着马海德，说道："来上海一年的期限就要到了,我再也不想待下去了,我们回美国去吧!"

来上海的这段日子,他们并没有体会到传闻中的"天堂",而是感受到了上海生活环境的恶劣:有钱有势的人操纵着毒品交易,租界也毒品泛滥;穷人被黑社会、洋人和官府压榨得简直无法呼吸,有病也没钱看。

马海德沉思了一会儿,想到还有数不清的皮肤病患者等待着他的救治,一种社会良心在困扰着他,他们都需要他,他从心底也放不下他们。于是,他缓缓地说:"一年来我深深感到这个国家的社会弊病比人的疾病严重得多。你看那些在政府当官的,搜刮人民财富,个个脑满肠肥,花天酒地。工厂老板剥削工人大发横财,吃喝嫖赌,纸醉金迷。只有穷苦百姓拼命地卖苦力,还养不起一家老小。我们是医生,只能给他们治身体的疾病,这些社会弊病我们确实治不了。你要是想回美国,就回去吧,我真心支持你!你想要什么时候走,我去送你!"

雷文森惊讶地望着马海德,问道:"你送我?

难道你不和我一起走吗?"

马海德回答:"我暂时不想走。"

雷文森了解马海德,一旦做出决定,肯定经过一番深思熟虑,轻易不会改变。因此,雷文森对他说:"保重!"

不久,雷文森坐上了回美国的轮船。马海德给家人写了一封信,他在信中说:"我再待一段时间。"

书店里的新朋友

两个好朋友卡茨和雷文森先后都回美国了，马海德一个人留在九江路继续开诊所。独自在异国他乡，闲下来的时候，他感觉很孤独。于是每天诊所关门后，他常常去霞飞路上一家德国人开的书店里看书，一直看到书店关门才把书放回原处，默默离开。

书店店主叫艾琳·魏德迈，店里还有一位伙计，叫派尔，很快他们就注意到这位几乎每天晚上都过来的客人，便主动过来和马海德说话。因为没有语言障碍，他们聊得很投缘，大家渐渐熟悉起来。

美国著名女作家艾格尼丝·史沫特莱、新西兰人路易·艾黎等思想进步的外国人也经常来这家书店看书。在魏德迈的介绍下，马海德认识了史沫特莱。在接触中，马海德感觉他们对中国社会的了解远比自己深入得多。史沫特莱对马海德说："要想帮助中国人民医治社会弊病，必须掌握马克思主义理论。"

后来，书店的伙计派尔介绍马海德和艾黎认识。艾黎会给马海德讲中国历史上农民起义的故事，这加深了马海德对中国被压迫人民革命事业的同情和支持。他广博的学识、爽朗的性格、优雅的谈吐和对事物敏锐的洞察力，给马海德留下了深刻的印象。周末，艾黎带马海德去农村，让他与农民近距离接触，了解农民的疾苦。

马海德见到社会中种种不公平的现象，感到非常苦闷，忍不住问："为什么中国人民会有如此多的苦难？"

艾黎没有直接回答马海德的问题，而是反问："你作为皮肤病专家，是否了解铬性皮肤？"

"应该是一种镀铬工人的职业病吧。我懂得不太多，但我愿意研究研究。"于是，艾黎先后为马海德联系了十几家工厂，给马海德创造机会，去深入了解上海普通工人阶级的生活情况，调查工人的职业病和营养不良状况。这一过程中的所见所闻，使马海德陷入了沉痛的思考中。

在工厂中，马海德看到那些因为长期营养不良而面黄肌瘦的童工，大的不过十四五岁，小的仅仅八九岁。他们每天需要在车间里工作十几个小时，呼吸着含有大量铬毒的空气，可是挣的钱极少，处于吃不饱穿不暖的状态。那些在缫丝厂的童工，需要把手伸进翻滚的开水里从蚕茧中抽出丝来，手都被烫烂了……马海德的心被深深刺痛了，他是一个正义感很强的青年，他为统治者毫无人性的贪婪腐败感到愤怒，为成千上万普通百姓的苦难感到痛苦，他把他的所见所闻讲给艾黎听。

艾黎说："你看到的这一切，本质上就叫剥削，要找到消灭剥削的办法，就必须挖掘隐藏在这些表面现象后面的根本原因。"

这一系列调研是艾黎给马海德上的第一堂革命课。马海德明白了，要想治好中国的病，就得给这个国家动大手术，彻底改变旧的社会制度。

不久，艾黎邀请马海德参加一个由在上海的几位外国朋友组织起来的学习小组。这个学习小组是在宋庆龄的直接关怀下，建立起来的中国第一个国际性的马克思主义学习小组。其实马海德早在上大学的时候，就听说过马克思主义，不过那时他认为马克思主义是一种很深奥、很神秘的理论，所以他并没有阅读过马克思主义著作。

在学习小组，马海德不仅阅读了史沫特莱的书，还和大家一起学习了《共产党宣言》。在与艾黎的交谈中，他第一次知道，中国有一支由中国共产党领导的军队——中国工农红军，他们在中央革命根据地开创了一片新天地，那里聚集着中国无数优秀的人，他们为结束中国半殖民地半封建社会的历史，进行着艰苦卓绝的斗争。马海德进步很快，他那困惑已久的心似乎找到了一盏指路明灯。

这时，他收到了朋友卡茨的来信，信中问他什么时候回美国。马海德回信说："我家里也来信催我回美国开诊所，说行医能挣大钱，可我是不会那样做的。家人知道后很生气，已经不再和我通信了。这样也好，我感到自由了，还少了后顾之忧。

我现在很关心中国问题和中国的革命事业,我对人生和世界有我自己的看法……我不想回国了,我想留在中国。"

有趣的舞会

一九三四年十一月初的一天,史沫莱特说要带马海德去拜访一个好客的中国朋友。他们穿过一个有竹围墙的花园,花园里的植物郁郁葱葱,被修剪得很整齐,造型也精致美观,随后他们走进一栋布置典雅的小洋楼。

小洋楼里已经来了一些客人,史沫特莱走过去与熟识的人寒暄。马海德与大家都不认识,他找了一个地方坐下来。这时,美妙的音乐响起来,人们开始翩翩起舞。

马海德打量着四周,看见在自己对面不远的软椅上,坐着一位气质高雅、仪态端庄的女士。当他们的目光相遇时,马海德情不自禁地站起来,走到那位全场最美丽的女士面前，邀请她跳舞。那位女士的舞跳得很好，还说一口流利的美国口音的英文，让马海德感觉很亲切。

一曲结束，马海德谢过她，送她回到座位上。接着，他悄悄地向史沫特莱打听："那位美丽的女士是谁？"

史沫特莱爽朗地笑着回答："她是孙中山先生的夫人——宋庆龄女士。我们都叫她苏吉。"

马海德很惊讶，有点不知所措，他自责道："天哪，我怎么这样冒失！"

史沫特莱拉着马海德来到宋庆龄面前，介绍说："苏吉，这位年轻的朋友是日内瓦大学的高才生，医学博士乔治·海德姆。"

宋庆龄微笑着伸出手，说道："乔治，认识你很高兴！我们需要很多正义的朋友！"

马海德握住宋庆龄的手，一脸尴尬地说："对不起，刚才我不知道您就是孙夫人！冒昧地邀请您跳舞，请您原谅我的鲁莽！"

"没关系，乔治！今天的舞会就是为了让大家一起快活地庆祝苏联十月革命节才举办的，不用拘于礼节!"

宋庆龄具有非常强的凝聚力,在国际上影响力也很大。当时,她那里是中国共产党在上海的主要联络处,毛泽东的文章、党的宣言和各个著名民主人士的信息、社会各种问题的言论等,都汇聚在她这里,再通过她传到其他地方。

与宋庆龄相识后,有一天,马海德接到宋庆龄的电话,请他帮忙在英国租界的外国药房里买一种治疗荨麻疹的西药。第二天,马海德来送药,宋庆龄在书房里接待了他。他们聊起家常,宋庆龄询问马海德的父母和家庭情况,马海德一一做了回答,就这样,他们逐渐熟悉起来,交往也多了起来。

一次,一对外籍夫妇因为参加赤色工会国际的工作,在南京被捕入狱。宋庆龄请马海德以医生的身份,带着她的介绍信,以给他们看病为由去接近他们。见到这对夫妇后,马海德告诉了他们外面的情况,宽慰他们不要担心孩子,他们的孩子一直由宋庆龄照管。直到抗日战争全面爆发,这对夫妇才被放了出来,把孩子安全地接走。宋庆龄和马海德的友谊以及宋庆龄对他的信任,改变了马海德后来的人生。

此后，马海德多次接到宋庆龄的指示，让一些人聚集在他诊所的内室里，召开秘密会议。因为诊所来来往往各种"病人"，不会引起特务的注意，是最好的掩护。他还秘密油印并散发史沫特莱写的一张宣传共产主义的小报。此时的马海德，不再是一个旁观者，只在心里为中国的不幸感到愤怒、苦闷，而成为一个勇敢的参与者，为改变旧中国的面貌做出努力。

一九三五年九月的一个傍晚，宋庆龄约马海德来到她的寓所，对他说："明天晚上有两位非常重要的朋友去莫斯科，麻烦你亲自开车送他们上船。"宋庆龄反复叮嘱他，一定要保证这两个人的安全。

第二天傍晚，马海德开着他的福特牌汽车来到接头地点，按照宋庆龄事先交代的暗号，与两位身穿西装的男人顺利地接上了头。马海德把两位乔装打扮了一番，一个打扮成账房先生，一个装扮成伙计，然后开车把他们送到码头。马海德头戴一顶礼帽，手里拄着一根手杖。过关卡时，巡捕盘问，马海德只说另两位是他的账房先生和伙计，顺利将两个人送上客轮安顿好。马海德走下船舱，站在岸边，一直看着客轮起锚离开码头，才松了一口气。

他刚从码头回到诊所，就接到宋庆龄打来的感谢电话，称赞他做了一件好事。多年以后，马海德才知道，当年他送走的那两位客人中，有一位是受命前往苏联跟共产国际恢复联系的陈云，也是后来的国家领导人。当时湘江战役打完之后，由于通信装备受损严重，中共中央和共产国际失去了联系，只能派人前往苏联沟通。

此后，马海德通过传递信件和资料、购买西药，为我党的地下组织做了很多事。

半张五英镑钞票

一九三六年六月下旬的一天，宋庆龄约马海德晚上到他的寓所见面，原来党中央为了冲破国民党的新闻封锁，让全国同胞了解中国共产党的方针政策，通过中共上海地下组织找到宋庆龄，请她帮助邀请可以信赖的一位外国医生和一位外国记者到陕北访问，并帮助改善根据地的医疗条件。宋庆龄推荐了马海德和在游行运动中同情学生的美国记者埃德加·斯诺。

听到这个消息，马海德特别高兴，他一直对中国共产党充满好奇。随后，他拿着美国护照去了上海市警察局，以旅游的名义，办了到西安的签证。随后，他在诊所门外挂上了一块"外出旅游，暂时停诊"的牌子。接着,他背着宋庆龄送给他的精致牛皮红十字救护箱和一部能拍十六张照片的相机、几卷胶卷,怀揣半张五英镑的钞票——宋庆龄交给他与当地中共地下组织接头的信物,另半张在接他的人手里——独自登上了北上的火车。他要和从北平出发的埃德加·斯诺在郑州会合,结伴到西安,然后从西安进入革命根据地。

火车在郑州火车站缓缓停了下来,马海德看上去神情自若,但其实在认真地打量每一位走进车厢的旅客。突然,马海德眼前一亮,一个瘦瘦的、个子中等的外国人走了进来,他的脖子上挂着一部照相机,肩上挎着一个鼓鼓囊囊的旅行背包,一头棕色的卷发,黑黑的眉毛,这些特征和马海德临行前,宋庆龄向他描述的斯诺几乎一模一样。

那个瘦瘦的外国人径直朝马海德走过来,紧挨着他坐了下来——他的座位号与马海德正好相邻。他坐下后,冲马海德微笑了一下,算是打招呼。

马海德微笑着用英语问:"您是美国人?"

那个人点点头,用一口纯正的英文回答:"美国记者埃德加·斯诺。"

马海德装作很随意的样子说："很高兴认识你！我叫乔治·海德姆，美国医生，去西安旅游的。你呢？"

斯诺说："我也是去西安旅游，想拍点风景照寄回美国。"说着，他拍了拍胸前的照相机，"刚好我们可以搭个伴儿。"

两个人一路上聊读书时的趣事，聊各自见过的自然美景和名胜古迹，他们聊得很投机，也很热烈。马海德只告诉斯诺，他买了三四百元（这在当时的中国可以买二十多头牛）的药品，装在两个大木箱里，要送给红军，但没有告诉斯诺在其中一个大木箱焊牢的夹层中，他还带了共产国际的秘密文件。斯诺也没有告诉马海德，他有一封用隐形墨水写的介绍信，是写给中央领导人毛泽东的。

这时，马海德无意中发现，距他们不远的地方，坐着一个工人打扮的中国人。他一直坐在那里，不曾离开座位，车到站他也不下车。

马海德看看斯诺，悄悄说道："我们是不是被盯梢了？"

"好像是。"

"难怪苏吉提醒说，现在国民党对西安控制得很严，我们随时都有可能被特务盯梢，要我们有思想准备。"

在到西安的前一站，那个工人模样的人下了车，马海德和斯诺终于松了一口气。马海德揣测说："也有可能是护送我们的中共地下组织的人。"

他们从西安站坐一辆三轮车，来到事先约定好的西京招待所住了下来。他们每天上午假装出去游玩，下午赶紧回到西京招待所的房间里，等待联络人员上门与他们联系。但是一天、两天、三天过去了，一直没有人来跟他们接头，他们心里有些焦急。

第四天早饭后，他们房间的门终于被敲响了。马海德打开门，看到一个身穿灰色长衫的中国人站在门口，手里提着一个很大的提包。

那个商人走进房间，用一口流利的英语自我介绍说："我姓王，是一个牧师，平生喜欢玩古董，顺便做点小生意。"说着，他打开提包，里面有景泰蓝小花瓶、小铜香炉、陶瓷大花瓶等，"这些都是地道的古董，你们要不要买几件？"

斯诺挑了两只花瓶说："我想买这两件，不过我身上只有美元，可以吗？"

"这两件是汉代的古董。"王牧师一脸自然地说，"我不要美元，只要英镑。"

马海德一听，眼睛一亮，立刻从衣兜里掏出来半张五英镑的钞票，说："我有英镑。"

王牧师看了看马海德，也迅速拿出自己的半张五英镑钞票，两个半张钞票拼在一起，正好合成一张！

对上了，三只大手紧紧握在一起。事实上，这位王牧师就是向宋庆龄传递重要消息的共产党地下组织成员董健吾。临走的时候，董健吾小声叮嘱他俩："明天上午你们不要出门。"他担心门外有人偷听，随后大声说，"好，我今天破个例，这两件古董二位留下，钱我拿走了。你们还想要什么，我下次再给送来。"

中华先锋人物故事汇　马海德

小毛驴引路

第二天上午,马海德和斯诺刚刚起床,董健吾就带着东北军军官刘鼎来了,刘鼎是中共党员,当时充当着中共中央与张学良联系沟通的桥梁。刘鼎把马海德和斯诺引荐给中华苏维埃共和国中央执行委员兼国家政治保卫局局长邓发,邓发详细地谈了护送他们去红色根据地的具体方案,敲定了很多细节,约定半夜离开西安。

深夜,在张学良部队的护送下,他们上了一辆军用卡车。这辆卡车的车厢里都是一包包给士兵准备过冬的棉衣棉被,棉包中间留了一块空隙,放着两个小凳子。马海德和斯诺登上卡车,在小凳子上坐好,卡车就出发了。卡车一路上行驶得很顺利,天黑了，他们在洛川的一家小旅店过夜。小旅店卫生条件差，乱糟糟的，住着一些过路的国民党军官，他们一边喝酒，一边猜拳，随后又唱起跑调的京剧，将整个小旅店搞得乌烟瘴气。

马海德和斯诺经过一天的颠簸，已经累坏了。吃完晚饭，他们走进房间，马海德爬上小屋子的土炕，刚要躺下，斯诺急忙喊住他："不能这样睡。睡这样的土炕，我有经验，一定要把衣服全脱光。这是防止虱子入侵最好的办法。你照我的样子做！"

马海德按照斯诺的样子，将身上的衣物统统脱下，然后把所有衣服卷在一起，用皮带绑住，挂在了墙边的钉子上。看马海德有条不紊地做完这些事，斯诺得意地说道："这样就不会招来虱子了。"

因为昨天一宿没睡，马海德和斯诺在嘈杂声中很快睡着了，一觉睡到天明。

第二天下午两点左右他们到达肤施县城（今延安市），当时肤施是张学良的防地，驻扎着东北军。卡车到肤施就不继续走了，他们两人需要再走上一段路，才能进入根据地。

一名东北军团长接待了马海德和斯诺。他给他们带来了通行证和一头驮行李用的毛驴。他对马海德和斯诺说:"这头毛驴认识去保安(今延安市志丹县)的路,你们俩只要一直跟着毛驴走就是安全的,毛驴会准确地把你们送到要去的地方。"

马海德是一个对新鲜事物充满好奇的人,听了那位团长的话他很兴奋,也很期待这段新的旅途。此前,他从来没有赶过毛驴,但是他一点儿都不发怵,而是兴致勃勃地把行李搬到毛驴背上,然后就和斯诺一起跟在毛驴的屁股后面出发了。

很快,他们进入了一条狭长的山谷,山谷的两边是陡峭的山壁,地上根本就没有路,谷底布满大大小小的石块,一条弯弯曲曲的小溪缓缓地流向远方。溪边很美,开满了红色、黄色、粉色的野花,小草青翠欲滴。

他们跟着毛驴,沿着溪水一边走,一边聊天。一路上一个人也没有遇到。这一段路属于"三不管"区域——国民党军不管,张学良的军队不管,红军也不管,穿过了这段"三不管"区域,他们就到达红军驻扎地了。

抬头看看太阳,已是中午。时值夏季,火辣辣的太阳烤得地上石头都是烫的,他俩已经在山谷里穿行了四五个小时,累得精疲力竭,汗水湿透了衣服。这时,他们发现两边陡峭的岩壁被抛在了身后,再往前走,不远处出现了村落。马海德和斯诺的心一下子放松了下来。他们把毛驴拴在溪边的一棵树上,让它吃一会儿草,然后在树下的大石头上坐下来歇脚。

树上传来蝉的鸣唱:"我知道——我知道——"马海德和斯诺擦了一把脸上的汗,看看四周没人,他俩便脱掉衣服跳进溪里洗澡,驱除一下暑气和疲惫。他们正一边洗一边说话,突然听到一声大喝:"举起手,出来!"他俩吓了一跳。

马海德和斯诺扭头一看,岸边站着十几个孩子,他们手里端着红缨枪,一个个绷着小脸,表情严肃地盯着他俩。马海德没明白是怎么回事,斯诺小声告诉他:"可能是根据地站岗放哨的儿童团。"

他俩急忙看向岸边放衣服的地方,才发现他们的衣服被孩子们没收了。斯诺一边比画,一边用生硬的普通话说:"能不能先把衣服还给我们啊?"

那个大一点儿的孩子用红缨枪挑着他们的衣服，一件一件递给了他们。

马海德和斯诺穿好衣服，儿童团员们端着红缨枪，让他俩走在前面，把他俩送进山坡上的一个窑洞里。随后，儿童团员们卸下毛驴身上的行李，让他俩坐在土坑上休息。他们呼啦啦走了出去，啪嗒一声把门从外面锁上了。

过了一会儿，门被打开了，一个身穿对襟上衣、头包白羊肚毛巾的年轻人走进来，他自我介绍说："我叫刘龙火，是农会主席。"

斯诺听说毛主席在安塞（今延安市安塞区），于是对刘龙火说："我们是去安塞找毛主席的。"

刘龙火说："安塞已经离这儿不远了，不过，你们必须等一等才能走。"但他没解释为什么要他们等。

原来，刘龙火看出马海德和斯诺非常疲惫，让人端来了一盘炒鸡蛋、一盘炒土豆丝，还有小米饭和蒸卷等，请他们吃饱了再出发。马海德和斯诺走了这么远的路，早就饿坏了，他俩顾不上寒暄，大口吃了起来。

饭后,刘龙火叫来一个人给他俩做向导,并热情地邀请他俩再来做客。马海德和斯诺很感激刘龙火的照顾,他们恢复了体力,心里暖暖的,再次踏上了崎岖的山路。

骑马唱山歌

第二天傍晚时分,他们来到毗邻保安的安塞白家坪。由于地处黄土高原,这个村子里的人都住在窑洞里。马海德他们刚走到一间窑洞前,身后突然传来一阵急促的马蹄声,一个红军指挥员骑马来到他们面前,勒住马,动作敏捷地从马背上跳下来。

红军指挥员一边热情地和马海德、斯诺握手,一边用英语说:"你们好,欢迎你们到来!我是周恩来。如果我没有猜错的话,你是斯诺,你是乔治·海德姆博士。"马海德和斯诺也简单地做了自我介绍。周恩来时任中央军事委员会副主席,他对两人说辛苦了,表示曾先后派出两支队伍去迎接他们,但很不巧,都没碰到。

在周恩来的安排下，马海德和斯诺在白家坪过夜，三人约定第二天在附近一个村里的司令部见面。

第二天，在儿童团的护送下，他们如约来到司令部。马海德发现，周恩来的房间陈设很简单，土炕上方挂着一副蚊帐，炕头摆着两只铁制的文件箱，一张木制的炕桌放在土炕中央，对面的墙上挂着一张军用地图，一切看上去都那么井井有条。

见马海德和斯诺进来，周恩来停下手上的工作，微笑着招呼他俩坐下。周恩来一边说话，一边亲自动手给他们起草了一份访问计划，按照这份访问计划，马海德和斯诺可以在安塞访问九十二天。周恩来诚恳地表示，这只是他个人考虑后的建议，他们俩可以不受此约束，按自己的意愿活动。考虑到医生和记者的职业差异，周恩来还专门跟马海德强调，他可以和斯诺先生一同访问，也可以单独考察根据地的医疗卫生状况，总而言之，他们绝对自由。

马海德感谢周恩来的周到考虑，他表示愿意和斯诺一起访问，当然在访问中的侧重点与斯诺不同,他将侧重考察医疗卫生方面的情况。

最后,周恩来告诉他们,第二天早晨将有一支四十多人组成的通信部队去保安,党中央就在保安,他们可以随部队一起去,路上也好有个照应。离党中央越来越近了,马海德和斯诺都很激动。

从白家坪到保安大约三天的路程。第二天清早,马海德和斯诺随着部队向保安出发了。他俩得到了部队的特殊照顾,一人骑一匹马。斯诺骑在马上,神态自若,与马海德闲聊着。马海德却没有斯诺的这份淡定,这是他第一次骑马。那一带地区属于黄土高原,山多、沟多,山路弯弯曲曲、起起伏伏,他们一行人时而行走在山顶,时而穿行于谷底,时而会贴着悬崖走在峭壁间的羊肠小路上。通信战士们走在路上,有说有笑,唱着歌。马海德骑在马上却忐忑不安,感觉极其不适应,总担心一不留神会从马背上掉下去。他在精神高度紧张中度过了难挨的一天。

第二天出发时,马海德主动请求与通信战士们一块儿步行,很快他就跟这群年轻人混熟了。一路上,他们教马海德说中国话,还教他学会了一首陕北民歌:"鸡娃子叫来,狗娃子咬,当红军的哥哥回来了……"战士们无忧无虑的样子感染了马海德,在行进的队伍中,只要有人喊:"博士,来一个!"马海德就会大声唱起来。

第三天,他们在太阳落山之前到达了保安古城。一走进城门,马海德和斯诺就看到,在保安古城街口和炮楼山山脚之间的空地上,站着迎接他们的战士。战士们已经布置好了会场,会场上挂着一条写着"欢迎美国友人大会"的横幅,一面面红旗迎风飘扬,一张张真诚友善的脸上挂满笑容,一声声热情亲切的问候暖人心房……斯诺忍住内心的激动,举起相机,拍下了军民欢呼的镜头。

随后,斯诺从他的包里拿出一本精装的英文书,打开书取出一封英文信,交给前来迎接他们的中共中央宣传部副部长吴亮平,说道:"这是我在美国的家人写来的家信,信的背面是参加了北平一二·九爱国运动组织领导工作的共产党员徐冰为我写的介绍信,是用隐形墨水写的,给毛泽东主席的。"吴亮平很高兴,说把信显影后,呈交毛主席。

七月十五日夜晚，马海德和斯诺在吴亮平的引领下，来到毛主席的窑洞，受到毛主席的接见。毛主席答应从第二天晚上开始，正式接受斯诺和马海德的采访。共产党地下组织成员、燕京大学学生黄华专门从北平赶过来给他们当翻译。

马海德作为根据地唯一一名有博士学位的医生，在到达保安的第二天就给党中央的领导和家属们检查了身体，根据病情对症下药，提出治疗方法。在此期间，马海德给毛主席做了一次全面的身体检查，他确认毛主席的身体完全健康。

说陕北话的洋军医

一九三六年八月的一天,西征红军总指挥部为马海德和斯诺的到来举行了十分隆重的欢迎大会。

会场上,一面面鲜艳的红旗迎风招展,一个个红军战士精神饱满、列队整齐,各式各样的枪炮摆放在一旁,都擦拭得像新的一样,乌黑发亮。

彭德怀用洪亮的声音介绍了马海德和斯诺。

面对这样一个极其正式的欢迎仪式,马海德非常激动,他举起右拳,用汉语大声高呼:

"中国红军万岁!"

"中国革命万岁!"

哗啦啦!红军指战员们用热烈的掌声表示欢迎,有的战士把手掌都拍红了。

斯诺用英语讲话，黄华翻译。他说道："你们的斗争不是孤立的，全世界的无产阶级都拥护你们。我这次要把你们几年来艰苦奋斗的经历，告知全世界无产阶级，最后你们应努力把（用）中国的革命模范来推动和领导全世界革命。"最后，斯诺激动地高呼，"中国革命万岁！红军胜利万岁！世界革命成功万岁！"

他的发言也赢得了红军指战员的热烈掌声。几天后，西线红军在各队驻地的墙报上，摘抄了斯诺的演说词。

接下来，马海德和斯诺开始走访根据地。斯诺主要进行采访，马海德则考察了红军和当地老百姓的医疗、卫生情况。作为第一批外国来访者，他们走到哪里都受到热烈欢迎。

那时候，红军的口号里有："我们没有吃，没有穿，没有枪，没有炮，但是我们有国际友人的支持！"甚至在陕西西北部的一个村子里，他们参加了一次红军的群众大会，拉出的横幅上写着："我们并不孤立，我们有国际友人的支援。"

转眼他们采访的期限就要到了，斯诺准备离开保安去北平写《红星照耀中国》。他对马海德说:"咱们走吧!听说快要打仗了,到时候,从西安、延安到保安的这条路就不通了,不如趁现在赶紧离开。"

马海德没有说话,沉默了一会儿,突然说:"我不走了,我决定留下,我要参加红军。"

斯诺知道马海德说出这句话肯定是经过深思熟虑的,因此没有劝他,只是缓缓地说:"你既然已经想好了,我也很赞成。不过,这里的生活实在艰苦,你能适应吗?"

马海德一脸认真地回答:"这里的人既然受得了,我就受得了。我想,最重要的是,他们需要医生,我的事业应该在这里。"

斯诺说:"可能你的选择是对的。"

最后,马海德嘱咐斯诺,在写文章时千万不要提他的名字,他怕牵连自己在上海的朋友。如果国民党反动政府知道马海德在中央革命根据地,那些朋友会受到牵连。另外,他也怕自己在美国的家人会担心。斯诺答应了。

听说马海德想留下来,有红军战士劝他:"你还是走吧，我们这儿太艰苦了，这一年来，我们十个战友就活了我一个，其他九个人都没了。你现在走，像斯诺一样离开，你可以回到上海。你的任务完成了，看病也好，检查身体也好，你都做到了，你回去也没有什么遗憾。等我们革命胜利了，你还是我们的座上客、贵宾。我们好好地庆祝，好好地感谢你。"

马海德知道劝他离开是为了他好，他想了想，说："你们红军里有医生吗？你们的军队里没有一个真正的大夫，所以我留下是有意义的。"

这些日子，马海德跟着斯诺采访，听红军将领和战士讲的那些故事：关于长征，关于革命，关于克服一切艰难困苦，这些人和事时时让他振奋，让他受到鼓舞。他常常想，像张闻天、王稼祥、周恩来等人，他们不仅读过书，还留过洋，有思想，有文化，却为了中国的革命前途，都留在这儿。这群年轻的革命者是中国最优秀的人，中国的未来一定是属于他们的。

当马海德决定留下后，他开始努力学习汉语，不管他走到哪里，碰见了谁，都会主动上前用汉语跟对方打招呼。有时候用错了词，逗得人们哄堂大笑，他也不在乎，还会虚心向对方请教这句话正确的说法是什么，并把它记下来。在学习语言方面，马海德的天赋很高，汉语水平提高得很快，不久，他就能够阅读报纸和资料了。不过，因为与他对话的人中有很多是陕北本地人，所以他的发音中带有浓浓的陕北味儿。

拥有了一个中国名字

一九三六年十月初，马海德在黄华的陪同下，随红一方面军南下西兰公路去迎接即将走出草地的红二、红四方面军。

中午时分，队伍来到了宁夏同心县，同心县当地百姓多为回民。他们途经一个集市，马海德发现自己能听懂当地人的话，于是就和他们交流起来。当地人很欣喜。曾经国民党军队在的时候，在当地人房屋里乱踩乱踏，还抢走了许多银具、银饰，人们很反感。红军来了，不仅十分尊重当地的民俗和礼节，还能说当地的语言，他们别提多高兴了。

周恩来看马海德能和当地百姓交流，便向马海德请教回族的相关礼节。他希望能在不打扰当地人的基础上，为大家找到一处休息的场所。

穿过集市，不远处出现了一处具有当地特色的建筑，周恩来便希望马海德同自己一起去询问建筑的管理者，可否让他们休息一下，如果能帮他们找点东西吃就再好不过了。周恩来跟马海德强调，一定要说明，红军会尊重他们的礼仪，吃饭的饭钱也会照付的。

马海德点点头，同意了。不过，他突然想道：一会儿我该怎么介绍自己呢？是呀，当时的马海德还叫"乔治·海德姆"，这个名字有点复杂，也不好记。

于是，大家你一言我一语的，想着怎么能给马海德起个更地道的名字。

红军队伍里有许多有学识的指战员，大家正好来到了回民比较多的同心县，想到回族地区许多人姓马，就有人建议他也姓马，同时把原名"海德姆"中的"海德"俩字留下，就叫"马海德"。这个名字马上获得了许多人的认可。

马海德也立刻同意了，说："好，太好了。"

来到这座建筑，周恩来像马海德一样，脱掉绑腿的纳底儿布鞋,赤脚走进去。管理者看到两人很有礼貌,而且马海德居然用自己能听得懂的语言向自己打招呼,非常惊喜。待马海德说明来意后,管理者欣然同意了他们的要求,给他们安排了一顿丰盛的午餐。

从此,"马海德"这个名字在根据地中流传开来,还有人索性简化成"老马""马大夫""马博士",而"乔治·海德姆"这个名字,随着时光的脚步,反而逐渐被大部分人淡忘了。

一九三六年十月九日和二十二日,红四方面军和红二方面军先后在甘肃会宁和将台堡同红一方面军胜利会师。马海德见证了三大主力红军会师这激动人心的场面,他久久难以忘怀。

这些最后走完长征的士兵虽然看上去一个个病恹恹的,衣衫褴褛,但当马海德在帮他们检查身体时,这些士兵都神采奕奕地讲述自己的战斗经历,言语幽默,眼里闪着光。他们坚信共产党一定能够拯救中国。马海德被他们的精神气质感染了,更加坚信自己选择的道路是正确的,也是光明的。

一九三六年十一月,马海德根据组织需要,跟随周恩来一起到了甘肃河连湾慰问红二方面军，见到了红二方面军总指挥贺龙。

贺龙与马海德熟识了，经常一起聊天，也偶尔跟马海德开玩笑。一天，马海德正和许多同志围坐在一起聊天，当时贺龙也在场。贺龙看着马海德，说自己有一匹好马，就是性子烈了点，问马海德敢不敢骑。随后，他吩咐警卫员将自己的坐骑牵了过来。

这是一匹枣红色的高头大马，马海德不由得眼前一亮，他心里的确很喜欢，不过也有点害怕。

贺龙看出了马海德的犹豫，故意激他，向马海德提出，如果他敢骑这匹马跑一圈，他就把这匹马送给马海德。

听贺龙这么一说，马海德立刻站起来，硬着头皮回答："没问题。"说完，他便鼓起勇气跨上了马背。

胯下的马迈起四只有力的蹄子奔跑起来，随着跑动，马海德眼前的景物唰唰地向身后倒去，耳边是呼呼的风声。马海德紧紧地握着缰绳，在心里一个劲儿地鼓励自己：马早晚都有跑累的时候，只要我不从马背上掉下去，就算胜利。

贺龙看着马海德骑马奔跑的样子，他没想到眼前的这位洋博士竟然这么勇敢，一开始他只不过是想开个玩笑。

马海德骑马跑完一圈，从马上跳下来，一脸自豪地看着贺龙。一言既出，驷马难追，贺龙恋恋不舍地拍拍马背，将缰绳递给马海德，履行了自己的承诺。

能够拥有这样一匹宝马当坐骑，马海德心里美滋滋的。从那以后，这匹枣红色的马就成了马海德的主要交通工具。

十一月中旬，马海德随部队回到保安，随后他将撰写的《中革军委卫生顾问海德同志视察红军卫生工作的意见书》交给了毛主席。这份报告很详细，肯定了根据地的卫生成绩，又提出了实际问题和改进意见，是一份完整反映根据地医疗情况的珍贵文献。

近半年的考察让马海德更加坚信，中国共产党是中国的希望和力量，也让他坚定了献身中国革命事业的决心。

窑洞里的入党申请书

跟随着红军战士,马海德经历了很多次战斗,慢慢成长为一名不怕苦、不怕累的战士。从宁夏预旺堡往甘肃,迎接红四方面军时,他们走的路是黄河泛滥区。由于黄河经常改道,支流遍地。当地老乡常说"五十里路脚不干",意思就是你走五十里路,都是蹚着水走。

晚上气温低,水面上会结薄薄的一层冰。那时候,红军战士一人就一双鞋,因此鞋是最宝贵的——冲锋需要鞋,行军需要鞋,撤退也需要鞋,没有鞋命都有可能会丢。过河的时候,为了保护自己的鞋,战士们把鞋脱下来抱在怀里,马海德也不例外。他的脚踩在薄冰上,薄冰下面就是河水。

马海德以前从没有过这种经历。过完河，他的脚都冻麻了，腿也抽筋。红军战士们面对面坐在地上，解开自己的衣服，把自己的脚搁到对方的怀里取暖，慢慢脚才恢复了知觉。战士们的脚上、小腿上都是血，这是被冰划伤造成的，特别难受。由于敌人随时都可能来袭击，因此他们休息一会儿就得马上穿鞋继续行进，但没走多远又会遇到河水，还得脱掉鞋蹚着刺骨的水走。蹚水—休息、取暖—蹚水……一个晚上会经历很多次，非常痛苦。晚年马海德做完手术，麻药药效退去后，疼得特别难受，根本无法入睡，他对守护在病床前的儿子周幼马说，这种痛苦就像当年深夜行军时，光脚蹚过冰水一样。

两军会合后，马海德给红四方面军的指战员检查身体、看病。随后，马海德又回到陕北南边的将台堡，去迎接红二方面军，给他们进行检查。在随红二方面军行军期间，有一天拂晓时分，马海德正随部队行军到一条山沟里，敌人突然从部队的后方发起猛攻，后方部队在遭到进攻之后，立刻开始组织反击，仗打得十分激烈。子弹擦着马海德和战士们的耳边和脑袋嗖嗖飞过，迫击炮弹在身边爆炸，眨眼间房子就变成了一堆废墟，他们身上、脸上都是土。

马海德还是第一次亲身经历这么大的战斗，吓坏了，也被炸蒙了。这时，伤员被抬下来，有人着急得连连大喊："医生！医生！医生！"

马海德一激灵，立刻清醒了过来。他什么也顾不上想，一个箭步冲上前，冒着枪林弹雨和炮火硝烟，为伤员进行医疗救护。

战斗结束后，黄华告诉马海德："你在战场上的表现，给战士们带来了很大的鼓舞。"

一九三七年一月，马海德和黄华随部队回到了延安。

那段时间，马海德一直在想，全中国的爱国青年都到延安来了，我比他们大部分人都来得早，但是我还不是中国人，而是美国国籍。我既然信仰马克思主义，打算献身中国革命事业，那我就需要先加入中国国籍，然后加入中国共产党。

第二天，马海德兴冲冲地来到周恩来的窑洞，进门就直截了当地说："我想加入中国国籍。"

周恩来愣住了，他没想到马海德会突然提出这样的要求。他请马海德坐下，对他不远万里来到中国，投身革命事业表示感谢，也对他愿意加入中国国籍的想法表示欢迎，赞赏了他对中国人民的真挚感情。不过，周恩来告诉马海德，目前，我们的红色根据地只是中国的部分地区，还谈不上国籍的事，等到新中国建立了，一定批准他第一个加入中国国籍。

马海德感觉周恩来的话有道理，虽然他有点遗憾，也只好点点头说："好吧。"他走出周恩来的窑洞，忽然想道：既然这样，那我可以加入中国共产党啊！

马海德想加入中国共产党，因为他明白中国共产党是工人阶级的政党，而他出生在一个工人家庭，也是穷苦人的家庭。在上海，他看到从儿童到老人等普通百姓的悲惨命运，非常心痛，想帮助中国改变现状，而中国共产党是真正想带领中国人民过上好生活的政党。在上海，他受到宋庆龄、史沫特莱等人的影响，参加了外国人组成的马克思主义学习小组，了解了红军，认识了中国共产党。在延安，他看到冲在前头的，革命意志最强、最优秀的都是共产党员。

想到这些，马海德更加坚定了自己加入中国共产党的决心。他止住脚步，扭头看看周恩来的窑洞，犹豫了一下，不好意思转回去再打扰周恩来，便骑马来到宣传部，想找副部长吴亮平聊聊。

吴亮平看见马海德走进来，寒暄道："老马，你今天怎么有空了？"马海德回答："我想请教你一件事哩！"

吴亮平请马海德坐下，问："什么事？说吧。"

马海德涨红着脸，目光坚定地看着他，说道："亮平同志，我能不能加入中国共产党啊？"

吴亮平感觉很惊喜，立即热情地回答："当然可以。你不是已经读过党章了吗？只要是拥护党的章程和纲领，愿意为共产主义事业奋斗终身的人，党都欢迎他成为一名共产党员！不过，你得写一份正式的入党申请书，写完后交给我。"

马海德从没写过入党申请书这种材料，他担心自己写得不好。

吴亮平看出了马海德的担忧，他说："你写好了给我看看，有什么问题我可以帮你修改；而且，我自愿做你的入党介绍人，怎么样？"

"太好了！"马海德兴奋地说，他深邃的大眼睛里有光在闪耀，"谢谢你！"

告别吴亮平，马海德回到自己住的窑洞，立刻坐到桌前一笔一画地写入党申请书，当天傍晚，就把写好的申请书交给了吴亮平。

一九三七年二月十日，对于马海德来说，是一个值得永远铭记的日子，他站在鲜艳的党旗下，庄严宣誓："我志愿加入中国共产党，坚持执行党的纪律，不怕困难，不怕牺牲，为共产主义事业奋斗到底。"

马海德成了一名正式的中国共产党党员。他激动地说："从此我能够以主人翁的身份，而不是作为一个客人置身于这场伟大的解放事业之中，我感到极大的愉快。"

窑洞里的入党申请书

穿上八路军军装

一九三七年八月，红军正式改名为八路军，马海德也换上了八路军军装。一九三七年底，马海德接到在延安建立陕甘宁边区医院的命令。在和卫生部的几位领导同志反复研究、磋商之后，他正式向中共中央革命军事委员会的领导同志提出了关于改善八路军和边区医疗卫生条件，健全军队医疗网络的全盘构想，得到中央的支持。在相关部门的配合下，他们采取"因陋就简，自己动手，勤俭办医疗事业"的方针，先后在延安办起了卫生部直属医疗所和陕甘宁边区医院。

在延安，中国共产党领导人的生活条件和普通战士一样，都住在简陋的窑洞里，穿打补丁的衣服。但他们工作比普通战士辛苦得多，很多领导同志甚至带着病、带着伤继续坚持工作。

虽然延安生活条件极其艰苦，长期处于被封锁状态，药品一度十分紧缺，但大家都能以革命的乐观主义精神竭力克服困难，积极面对生活。

毛主席习惯在夜里办公，上午睡觉，但是遇到白天有会议或其他急事、要事，他就不得不少睡觉，甚至有时会连续好几天不睡觉。窑洞里阴凉，毛主席长期伏案写文件、书稿和讲话稿等，导致右肩膀时常疼痛，马海德就经常去给毛主席做理疗。马海德担心毛主席过度疲劳会影响身体健康，于是请延安木匠做了一张简陋的乒乓球台，只要一有时间就拉着毛主席打乒乓球。发现毛主席有轻度风湿性关节炎后，只要不下大雨、大雪或刮大风，马海德就每天陪毛主席散步，他们从王家坪出发，走到延河边，沿着延河绕一圈再走回来，让毛主席活动活动，锻炼一下身体。

周恩来的夫人邓颖超是马海德到保安后诊治的第一个病人。邓颖超因为长期劳累和营养不良，得了肺结核，当时陕北苏区没有治疗肺结核的药，她天天发烧、咳嗽，病情一天比一天严重。马海德仔细查看了邓颖超的病情，根据当时的条件提出了一个自然疗法——晒太阳。马海德建议邓颖超在加强营养、按时休息的同时，每天晒两个小时太阳。保安阳光充足，日光浴可以很好地补钙。他把门板卸下来，让邓颖超躺在门板上晒太阳。几个月后，邓颖超的病情得到了控制。几十年后，在人民大会堂举行的庆祝马海德来华工作五十周年招待会上，担任国家领导人的邓颖超也来了。她拉着马海德的儿子周幼马的手说："幼马，你爹当年可救了我一条命，那时我得了肺结核，是你爹让我好起来的。"

对于普通人来说，只要医生们一强调"三分病七分养"的道理，大部分人便会主动配合注意休养。但马海德在延安时的这些保健对象，很难做到无病防病、小病早治，他们都是躺在病床上也要坚持工作的人。

彭德怀、陈毅、贺龙、刘伯承、聂荣臻、徐向前这些高级将领长年驰骋沙场，只要他们回到延安，不管是在开会还是在汇报工作，马海德都要找到他们做身体检查。出于对马海德的信任和尊重，他们一般会很配合。偶尔碰上脾气倔的，让他休息就吹胡子瞪眼，马海德也不会往心里去。他常常对身边的工作人员说："这些同志都是用自己的生命，在为中国人民换取未来的幸福生活，我们必须保证他们的身体健康。他发火你也别怕……"

战场上，将领们带领红军战士英勇无畏地在前线奋战，常打胜仗。而在医疗救治的战场上，马海德也是位常胜将军，他及时抢救伤员，日常为大家做好身体检查和保健工作，保证了战士们的生命健康。后来，当马海德回想起那段日子时，曾动情地说："我对中央领导同志是身体保健，他们对我却是思想保健，我比他们得到的更多，比他们更幸运。可以说我是在他们的直接影响下成长起来的。"

白求恩的对外联络人

一九三八年初,加拿大著名胸外科医生诺尔曼·白求恩大夫,受加拿大共产党和美国共产党的派遣,率领医疗队来到延安。他从西班牙内战的战场上一下来,就来到中国,带来了大量医疗器材和药品。马海德以欢迎白求恩代表团团长的身份,和医务人员、军人一起迎接白求恩的到来。

几天后,边区医院请白求恩做两个手术。他先给一个伤员的腿部创口动手术。只见他下刀准确,动作麻利,一会儿就把手术做完了。接着护士给伤员包扎,白求恩对手术要求严格,他看到护士包扎的手法不对,说了一声:"我来!"他把手套一脱,三下五除二把绷带解开,重新包扎,动作迅速而熟练，连刚刚做完手术的伤员都冲他竖起了大拇指。

接着，白求恩又给一位病人做扁桃体摘除手术，同样专业又高效，很快取出了扁桃体，手术动作一气呵成。马海德和傅连暲等大夫站在旁边观摩，都心服口服，大受启发，忍不住连连称赞。

白求恩在手术过程中冷静、果断，显示出他作为医疗专家高超的技术和能力，而且他打算将这种技术传授给中国的医护人员。毛主席听说后，希望他能留在延安，主持八路军军医院或延安中央医院，培养更多的医生。可是白求恩要求到山西前线去，他说："我作为一名外科大夫，离不开战场，离不开前线。"他态度坚决，最后毛主席只好答应了。

白求恩在延安时，马海德几乎天天陪着他，因为语言相通、专业背景相似，他俩有很多共同语言，建立了深厚的友谊。两人曾多次在窑洞里畅谈国际形势、中国抗战、哲学和医学的专业知识等。在白求恩去山西前线前夕，马海德积极张罗卡车、设备和药物。按照白求恩的要求，医疗队正式定名为"加拿大-美国援华医疗队"，组成一个流动医院，为抗战前线的八路军服务。

马海德很想跟白求恩到前线去，因为白求恩带来了当时最新的医学知识，他在战伤外科、战地输血和看护伤员方面经验丰富，马海德想跟他多学习一些医疗经验和知识。但当马海德向毛主席请示时，毛主席没有像往常一样放下笔与他闲聊，依旧伏在桌子上写稿。马海德想毛主席肯定知道他的来意了，于是，他向毛主席认真阐述了他去前线的三大优势：一、他是在八路军任职的美国医生，能说中文；二、他与晋察冀军区主要领导人、八路军总部领导人和战斗部队指导员都熟悉；三、他已经去过陕西前线抢救伤员，并参与组建了伤员回运线路的沿途兵站医院与野战医院。

毛主席听他说完，拿出一份电报递给他。原来，印度派遣的援华医疗队即将到来，后续可能还有英国或新西兰的医疗队来援助，毛主席希望马海德能留在延安，协助党中央进行与外国医疗队的沟通合作，同时培养更多的医生。

马海德领悟了毛主席的意图和自己身上的责任，他说："主席，我明白了。"

白求恩出发那天，马海德来送行，他亲自把白求恩扶到马背上。两个人挥手告别，谁也没想到，这竟然是永别。

白求恩在晋察冀解放区工作时，经常参加对前线的紧急支援，他工作麻利，节奏很快，完全符合八路军苦干、不怕牺牲的传统，也提高了医疗工作的水平和八路军战斗部队的士气。

白求恩奔赴前线后，他与中央和外界联系的唯一联络人就是马海德，而且他发往国外的稿件、信件、照片和书报刊也都是由马海德转寄的。

一九三九年十月，白求恩在抗战前线进行战地抢救手术，不小心弄破了手指，后因伤势恶化，转为败血症而逝世。

"诺尔曼·白求恩之死，是因为前线手术时橡皮手套不够用，"马海德感到十分悲痛，"他弄破了自己的手指，死于败血症。美元很便宜就能买到的盘尼西林或磺胺就能救他的命。"马海德每次提到白求恩，都为他的去世感到惋惜。在白求恩去世的第三天，马海德写了一篇纪念文章《我认识的诺尔曼·白求恩》，发表在香港的《新闻通讯》上，同时还发表了几幅他为白求恩和国际和平医院拍摄的照片。

为了纪念这位伟大的国际主义战士,并继承和发扬白求恩精神,八路军总部颁发命令,将八路军医院改为白求恩国际和平医院。毛主席专门撰写了《纪念白求恩》一文,称他是"一个高尚的人,一个纯粹的人,一个有道德的人,一个脱离了低级趣味的人,一个有益于人民的人"。

马海德与白求恩的友谊长存。一九四三年,在马海德的提议下,延安铸造了一批写有"白求恩国际和平医院"字样的纪念章。马海德把这些纪念章捎给了宋庆龄领导的保卫中国同盟,请她用纪念章去争取国际援助。很快,宋庆龄便给边区送来了一批国际支援的药品。

一九七九年,马海德前往加拿大出席了纪念白求恩的讨论会,参观了建在白求恩家乡的白求恩纪念馆,并赠送了中国中医文献和白求恩画册。

延安的"万能博士"

在延安,无论是机关干部还是学员,无论是战士还是普通百姓,都亲热且充满信任地称呼马海德为"万能博士"。

马海德的儿子周幼马出生在延安,从小目睹父亲忙碌的身影。回忆起自己的父亲,他说:"延安人更愿意把我爹当作一个万能博士。他常常被拉去出诊看病,甚至是修钢笔、修眼镜。延安人朴实地认为,你是博士嘛,就是什么都能干。我爹待人和蔼可亲,也总是有求必应。"

马海德一天到晚骑着马,在城里或城外的山沟间跑来跑去,身上背着宋庆龄女士赠送他的红十字救护箱,马背上驮着一个装药的帆布包。他骑着马唱着歌，爽朗地和别人开玩笑，大家都很喜欢这位热情的洋博士，完全把他当作自己人。沐浴在相互关心、相互爱护的大集体中，马海德说这是他从出生到现在最快活的时光。

当时延安医生少，他责任心又特别强，"医生不能等病人，要去找病人"是他一直遵守的原则。因此无论刮风下雨，只要得知有病人，他都会骑马尽快赶过去。无论是在田间地头，还是窑洞里、大树下、延河边，都能见到他给人看病的身影。

一九三六年西安事变和平解决后，西安红军秘密交通站改为半公开的"红军联络处"，后改为"八路军驻陕办事处"。马海德去西安办事处采购和转运八路军急缺的医疗用品，用卡车运回延安。这些资源除了分配给八路军部队以准备对日作战，也分配一部分给中央总卫生处和拐峁红军直属医疗所。这些大事加上频繁为军民看病，马海德成了延安的大忙人。

马海德肩上的红十字救护箱里的药靠中央总卫生处和拐峁红军直属医疗所提供。中央总卫生处负责管理药品的是中央总卫生处处长傅连暲的夫人、红军名医陈真仁，马海德与她和她丈夫都很熟悉。陈真仁不仅给马海德提供药，还将不便来就诊的乡下病人或郊区干部病人的地址给马海德，请他去诊治。马海德跟陈真仁开玩笑说："你想把我累死啊！"陈真仁笑着回答："谁叫你改姓马，又真的有一匹好马！"

在白求恩国际和平医院工作期间，马海德上下班时经常看见一个在路边玩耍的男孩，每次见他骑马过来，男孩就会赶紧转过身，背对着他。马海德感觉很奇怪。一天早晨，那个孩子又在路边玩，马海德从马上跳下来，朝那个背对他的孩子走过去。他微笑着蹲在孩子面前，孩子有些不好意思地低着头，偶尔抬起头来打量着这个洋面孔。

马海德这才发现孩子的嘴唇有些不同，原来他是天生的唇腭裂。想到孩子那么小，就因为容貌问题要担负很大的心理压力，马海德心里十分不是滋味，他同孩子分别后，脑海中一直在琢磨怎样帮这个孩子。

来到医院后，马海德立刻去找印度医疗队中的五官科专家巴苏华医生，介绍了孩子的情况后，他请求说："巴苏，你是五官科专家，我想请你帮忙，给这个孩子做缝合手术。"巴苏华爽快地答应了。

马海德下班后，又去了那个孩子家，向孩子的妈妈说明了来意。一开始，孩子的妈妈还有点顾虑，担心万一补不上，孩子会白白遭罪。"你还不相信我吗？我保证还给你一个好看的娃儿！"马海德拍着胸脯说。孩子的妈妈看着眼前的"万能博士"这么有信心，终于笑着答应了："我相信您，我们老百姓都知道您的本事可大着哩！"

手术当天，马海德一直安慰着孩子，避免他紧张。孩子被推上了手术台后，马海德和巴苏华医生立刻忙碌起来。手术进行得很顺利，没多长时间就做好了。过了几天，马海德亲自给这孩子拆了线。孩子的脸上除了两排针眼之外，其他与常人无异。孩子的妈妈流着眼泪，紧紧握着马海德的手说："谢谢您，马大夫。要不是您马大夫，我们山里人咋也想不出豁嘴还能补上。您真救了我娃！"

一九三八年，马海德随部队去山西，途中一名战士患了疟疾，时冷时热，站立不稳，走起路来跟跟跄跄。队伍中一名中医大夫看见了，急忙把这名战士扶到路边坐下来，迅速解开他的上衣，在这名战士颈椎的最后一节和胸椎的第三节分别扎上三根银针。不到半小时，这名中医为战士起针，战士马上就能站起来，随部队继续前进了。马海德在旁边看着，感觉非常神奇，赶忙走上前向这名中医请教其中的奥妙。中医告诉他，这是中国的一种传统医术，叫针灸，落针的地方都是人体的穴位。

自从有了这次经历，马海德开始研究中医。他主动去找中医大夫学习，努力了解各种常用中草药的性能、功效，并且开始研究哪些中草药可以代替西药，哪些中草药比一些西药更有效。他还拜边区著名的老中医李鼎铭为师，跟中医大夫学会了"望闻问切"的诊脉方法和要领。当马海德在白求恩国际和平医院诊病的时候，开始给病人号脉，开中药。有人开玩笑说："马大夫，你可真是洋博士用土办法治病了。"

作为群众信赖的"万能博士"，马海德还接生过孩子。那是大年初一的凌晨，窑洞里忽然传出李大姐的呻吟声。延安的冬夜漆黑一片，冷风刺骨，该怎么办呢？与李大姐同住的周苏菲和林兰慌了手脚，这时候她们突然想到了马海德。于是周苏菲和林兰结伴上山去请马大夫。她们相互搀扶着，翻过两个大山坡，手电筒都没电了，远处还不时传来狼嚎。但想到李大姐还躺在床上，她俩心一横，硬着头皮摸黑往前走，终于来到了马海德住的窑洞前。

听了她俩说的情况，马海德有些谨慎地说："我不会接生，我不是产科医生！"周苏菲着急地说："不管怎么着，你总比我们强吧！"情况紧急，马海德没再犹豫，一路小跑跟着她们来到李大姐住的窑洞，先给李大姐做了初步检查，然后让人烧了一锅开水，把剪子、布片等东西放在铁壶里消毒，之后把闲人打发走。他脱下棉衣，挽起袖子，开始接生，并让周苏菲和林兰给他做帮手。马海德有条不紊，像一位专业的产科医生一样，顺利完成了接生工作。一阵清脆的婴儿啼哭声划破黎明前的天空，大家悬着的心终于落了下来。

这次接生，马海德不仅挽救了两条生命，还收获了与周苏菲的爱情。从那以后，他俩对彼此有了了解。不久，马海德与周苏菲结婚了，一年后，他们的儿子周幼马出生。

在延安，马海德以高超的医术、热情幽默的性格，赢得了很多人的喜欢。除了看病救人，他还会参加一些文艺活动，跳舞、唱歌、演戏等都愿意尝试。此外，他还兼任新华社的英文翻译，并作为广播员进行英文广播。他的"万能博士"称号真是名副其实啊！

"我是中国人"

新中国成立前,中共中央搬到了河北省平山县的西柏坡村,在这里召开了中国共产党七届二中全会,与会人员讨论并决定了全国胜利后的工作方针和政策。马海德一家也随队伍住到了西柏坡村。为了迎接全国解放,培养翻译和外事干部,中央决定开设一个英语培训班。马海德除了日常的工作以外,经常到英语培训班给学员们讲课。

一九四八年夏天,马海德以中国解放区救济总会医疗顾问的身份,携全家来到石家庄,参与解放区的医疗援助工作。儿子周幼马来到石家庄,第一次见到电灯,那天晚上,他兴奋极了,看着发光的电灯,欢呼着在床上又蹦又跳,又唱又笑。

到石家庄不久,妻子周苏菲被调到河北正定的华北人民革命大学,任戏剧研究员。马海德和儿子留在石家庄,他一边工作,一边照顾儿子。马海德当时工作很忙,每天需要去调查难民情况,搜集整理大量资料,儿子交由一位名叫翟润生的小战士照看。

一天,马海德出门搜集资料,家中只剩下翟润生和幼马。突然,敌机的轰鸣声在空中响起,紧接着,是一阵疯狂的扫射,一枚枚炸弹从天而降,轰轰轰的响声惊天动地。翟润生抱起幼马,头也不回地一口气冲进防空壕,敌机丢下的炸弹在他们身后炸开,翟润生用自己的身体紧紧护住幼马。敌机狂轰滥炸后飞走了,留下满地的弹片和弹壳,马海德工作的地方变成一片废墟。

马海德妥善安置好受伤人员,心急火燎地跑回家。推开房门,看见自家的屋顶上有一个被敌机炸开的巨大窟窿,满地都是砖、瓦、石块,儿子和小战士都不见了踪影。马海德忐忑不安地跑到防空壕边上,找到翟润生,看到他用身体护着幼马,马海德特别感动,急忙拉起翟润生,抱起幼马,朝家走去。路上,马海德见儿子用小手不时地捂自己的耳朵,就问:"幼马,你怎么了?"幼马回答:"爸爸,我的耳朵里难受极啦!"马海德是医生,立刻明白儿子一定是被刚才炸弹的声浪震伤了耳膜,他很是心疼。

一九四九年一月三十一日,北平宣告和平解放。几天后,马海德同军事总部一起进入北平。安定下来后,马海德觉得自己加入中国国籍的愿望也能马上实现了!屈指算来,他参加革命已经十三个年头了,心中对这件事一直念念不忘。

他想马上找周恩来副主席提此事。可是来到北平后,周恩来更忙碌了,每次马海德见到他,要么是在公众场合,要么是在领导人开会的地方,都不适合马海德倾吐心事。

于是有一天,马海德找到他的好朋友王炳南(周恩来的秘书),说出了自己的心事。王炳南告诉他,周恩来近来确实太忙,也很累,但他周末会去东交民巷的欧美同学会。

得知这个消息后,马海德很高兴。周末,他带着妻子周苏菲来到欧美同学会,不一会儿,就看见周恩来到了。周恩来招呼马海德、周苏菲到旁边说话，马海德终于把憋在心里很久的事向周恩来倾诉："关于我的新中国国籍的事，我从延安等到北平，是不是快要实现了啊？"

周恩来明白他的心情，笑着告诉他，这些年来，他一直关注着马海德的国籍问题，很快会帮他实现愿望。马海德听了很开心。

新中国成立后不久，周恩来兑现了对马海德的承诺，签署了他的中华人民共和国国籍证明书。马海德的夙愿终于实现了，他成为第一个申请且得到批准成为中华人民共和国公民的外国人。

加入中国国籍后，马海德依旧做着医生的本职工作，他坚持每周到协和医院出门诊和参加会诊，病人和家属看到他长着高鼻梁、深眼窝，一副外国人的模样，常常会问："您是哪国人？"马海德会自豪地回答："我是中国人啊！"

不仅是国籍问题，周恩来对马海德一家的日常生活状况也很关心。当得知马海德一家在住房上遇到问题，尽管公务繁忙，周恩来依旧将此事记在心上，很快帮马海德一家找到了合适的住所。他们住进了一处离中央卫生部很近的房子，这里是典型的传统四合院，马海德和周苏菲都很喜欢，全家人和年轻的勤务兵小王一起打扫、洗刷、清理，把屋里屋外收拾得干干净净，高高兴兴地搬了进来。

后来，组织上给马海德分配了一辆轿车。当时卫生部的干部坐的是苏联产的伏尔加或拉达等轿车，因此组织上决定给他配备一辆崭新的苏联车作为专车，但是马海德拒绝了，他表示自己不喜欢坐苏联车，他想要一辆国产的红旗轿车。组织上说，现在已经没有新的红旗轿车了，只有旧的。马海德说："只要是红旗，旧的也行，因为它代表中国。我不坐外国车，我要坐中国车，以后我用这辆车去接外宾时，向外宾介绍这辆轿车是中国造的，它叫红旗，这是一件多么给新中国长脸的事啊！"

来到北京，身边说英语的外国人多了起来，马海德与朋友们喜欢在烤肉季饭庄聚会。这个饭庄在一所老房子里，楼上有阳台可俯视美丽的什刹海。当然，最吸引人的就是这里的烤羊肉或烤牛肉了。

马海德喜欢吃烤牛肉，从他家出来，步行只需十分钟就能到达烤肉季饭庄。每过一两个月，他总要找个借口，邀请同样爱吃肉的老友艾黎、米勒或来华的外国人来这儿，高高兴兴地围坐在一起聚餐。

在北京的西方人从事着各种不同的工作，住在北京东、南、西、北各个地方，难得有这样好的机会聚在一起，轻松地说说笑笑，大家都感到十分欢快。但这种轻松惬意的生活没维持多久，马海德就又忙碌了起来。

消灭旧社会"毒瘤"

一九五〇年,马海德被委任为中华人民共和国卫生部顾问。一九五三年,马海德作为医学博士、皮肤病专家,向有关部门提出建立治疗皮肤病的研究所,主要针对麻风病、头癣等进行防治和研究,争取在我国逐步消灭几种危害人类健康的皮肤病。不久,中央便批准了马海德的建议,并委任马海德为这个研究所的高级顾问。

在筹建研究所的过程中,马海德对周围的人说:"这是我们新中国自己建的,我们要尽可能把它建成一个具有先进水平的科研机构。"

马海德每天都很忙碌,除了要参加一些专业会议,还跟有关同志们一起研究和确定研究所具体的工作任务、方向和发展规划，参与所里的科室设置、人员配备、设备购置等具体建设方案的讨论。别看马海德平时和大家有说有笑、和蔼可亲的，但工作起来一丝不苟。他对筹备组提出的有关设备和器材药品的规划，都要刨根问底，从数量到质量都认真地一一审核。

一九五四年，国家正式成立了皮肤病研究机构（以下简称"皮研所"）。马海德和皮研所的同事经过讨论研究后，制订出在全国范围内重点消灭几种在社会范围流行的、危害人民健康的传染病计划。据卫生部当时掌握的可靠资料显示，由于一种传染病的流行，有些边远地区都不同程度地出现了人口出生率严重下降、劳动力不足的情况。马海德说："这是一种社会病，是旧社会遗留下来的千年'毒瘤'，它和我们的社会主义制度极不相称。"

卫生部当时有几个苏联专家坚持要采用青霉素和砒、铋联合使用的长期治疗方案。马海德到中国二十多年，又是皮肤病博士，他认为长期治疗的方案并不符合中国的国情。因为中国面积大，病人居住得很分散，而医护人员有限，医药也不充足，如果采用长期治疗的方法，等于打一场消耗战。看起来病人在天天用药，实际上使用药量较小，对病毒的杀伤力弱，时间长了容易使病毒产生抗药性，不能达到预期的防治效果。因此马海德和国内一些有名的专家都主张使用大剂量青霉素短期"十日疗法"，以充分集中药力，实现突击治疗。

到底哪种方案更好，更适合推广呢？卫生部领导提出：在苏联方面的卫生援助下，一些病情严重的地区已经使用过青霉素和砒、铋联合使用的长期治疗方案；皮研所要提供科学依据，证明"十日疗法"的可靠性和可行性。

马海德也认为应通过实地调研找出最佳方案，于是从一九五四年开始，他每年都带领医疗研究小组到边远地区，对一九五〇年和一九五一年采用长期治疗方案和大剂量青霉素短期"十日疗法"的病人进行复查。

有些地区处于辽阔的草原，要想找到并重新检查所有经过治疗的人，极其不容易。因为他们不但住得分散，而且经常赶着牛羊迁徙，没有一个固定的住所。但马海德坚持要见到每一个病人，医疗小组时常为了寻找一个以前的病人，花费十几个小时，甚至好几天。

有一次，他们在开展复查工作时，医疗小组已经连续跑了十几天，就要离开时，细心的马海德发现漏了一个病人，陪同的人说："漏一个问题不大，明年再来找他吧！"马海德说："那怎么行！"于是，他带着医疗小组马上往回赶，跑了几十里的路，直至找到并复查了那位病人，医疗小组才放心离开。

在一些边远地区，群众不敢做抽血检查，一听说要抽血，一个个往后躲，或者干脆跑开了。每当出现这种情况，马海德就会笑着安慰他们："抽血不可怕，先抽我的血，做给你们看一看。"说完，他挽起一条胳膊的衣袖，让护士抽血。群众看到他抽完血后，依旧有说有笑、精神焕发，才放心地一个个走过来，挽起袖子，让护士抽血检查。

恶劣的环境也给研究工作带来极大的困难。有一些地方的水很不干净，影响血浆试验结果的可靠性，马海德就教大家就地取材，做简单的沙滤缸，以保证试验用水；有些地区没有电，无法使用电子

消灭旧社会"毒瘤" 101

显微镜查找病菌，马海德便带着同志们自己动手改造显微镜，采用干电池作为显微镜的电源，以保证复查诊断的准确性……马海德很聪明，善于动脑子想主意，再困难的事在他面前总能够迎刃而解。

医疗小组在西北地区的牧区开展工作时，常会遇到牧民用当地的礼节和仪式欢迎他们，还有的牧民用烤全羊来招待尊贵的客人。医疗小组里有些人受不了羊肉的膻味儿，吃不下，但又不能浪费食物，辜负了牧民的心意。碰到这种情况，马海德就会热情地说："给我吧！给我吧！"决不让牧民们提供的美食被浪费。但欢迎仪式结束后，同样不习惯羊膻味儿的马海德，胃里常常要难受两三天。

马海德有胃溃疡，牙齿也不好，但他从不抱怨，他和小组里的其他人一样，骑毛驴或马，乘小船，吃粗粮，睡在坚硬而简陋的土炕上，没有一丁点儿架子，也不搞特殊。晚上，当奔波了一天的年轻医务人员进入了梦乡，他却常常为了工作加班加点，甚至彻夜不眠。第二天他又和大家一样，继续忙来忙去。每到一处，他都会跟同志们一起装车、卸车，很多时候他还会热心地替女同志扛行李。

每次外出工作一段时间回北京,马海德都会变得又黑又瘦,总要到医院去治胃溃疡,有时候还要拔掉一两颗坏牙。这样艰苦的工作,很少有人愿意去第二次,他却次次都去。

经过四五年的努力,马海德终于得出了结论,使用大剂量青霉素短期"十日疗法"的方案是成功的,也是适合我国国情的。于是,全国开始大面积推广这种治疗方案。

一九六四年,中国基本消灭了这种危害人民健康的疾病。马海德在他擅长的医疗战场上,打了一场漂亮的胜仗。而此时,马海德的胃已经被切除得只剩下四分之一了。

"怕脏怕臭做不了医生"

马海德没有沉浸在胜利的喜悦中太久，就开始为新的目标——消灭麻风病做准备了。

麻风病是一种可怕的慢性病，人被感染后平均有两到五年的潜伏期。麻风分枝杆菌先从皮肤开始，慢慢侵入人的头和四肢的神经系统，直到让人闭不上眼，合不了嘴，手脚溃烂，失去对热的痛感，病情延续数年后人就会死去。

在过去，麻风病无药可治，要是一个人得了麻风病，就等于被宣布了死刑。要是在一个村子中发现一个麻风病人，整个村子都会陷入恐慌，一些极端的村民甚至会将麻风病人赶到山上，然后烧掉病人的房屋。

为了给麻风病人治病，彻底消灭麻风病，马海德用了很长的时间进行调查、研究，查阅医治麻风病的资料，向国内外专家咨询，听取各方意见。同时，他亲自率领医疗队，深入广东、福建、江西、江苏等地的山区和海南地区，开展对麻风病的实地调查和防治工作，以制定控制麻风病的基本方案。

由于社会对麻风病人严重歧视，许多人得了麻风病以后，无论是病人还是家属，都会隐瞒病情。与一般得了病，病人主动来找医生看病不同，得了麻风病的，往往需要医生去找病人。于是，马海德带着医疗队费尽千辛万苦去全国各地寻找麻风病人。很多病人生活在偏远山区，环境恶劣，找起来十分不容易。而找到病人后，医疗队还特别不受欢迎，很多病人家属甚至会把他们轰出来："我们家人没有这种病！他什么事也没有！你们就是不怀好意，故意来我们家捣乱！"

面对病人及其家属不友好、不配合的态度，医疗队员面临很大的压力。为了缓和病人及其家属的戒备心理，马海德尽量不穿白大褂，还主动和病人握手、拥抱。有些病人已经很久没和正常人有过肢体接触了，当看到马海德毫无顾忌地席地而坐，与他们交流、接触时，流下了感动的泪水，不再对医疗队有抵触情绪。

一九五八年夏天，马海德带领医疗队到海南，准备在海口秀英麻风病院进行一系列调研。海南的夏季，天气十分炎热，但当马海德带着医疗队进入麻风病人的病房检查时，医疗队里不少年轻医生还是严格按照书本上的要求，采取了全面的隔离措施：头戴消毒帽，身穿隔离服，脚蹬隔离靴，手上戴着手套，脸也被一副大口罩遮得严严实实，全身上下只露出两只眼睛，一副全副武装、如临大敌的样子。而马海德却只穿了一件白大褂，连手套、口罩都没戴。

有人劝他："马大夫，您还是穿上吧，要做好防护。"

马海德说："没那么可怕，虽然麻风病是传染病，但传染率很低。"

马海德把病人集中在室外的院子里做检查，有的病人出不了屋，马海德就到病房里为他们做检查。每次，他都会特别仔细地检查病人的皮肤溃疡处，并提醒病人和护士一定要注意及时换药。由于麻风病引发的皮肤溃烂会传染，他也叮嘱护士一定要保护好自己。

脚部是最容易发生溃烂的部位。有的病人说自己的脚太臭了，不好意思脱鞋。在马海德耐心的劝说下，他们才肯把鞋脱下来。马海德说："怕脏怕臭就做不了医生。"他将病人溃烂的脚放在自己的膝盖上，仔细观察，用手翻看病人足背、足底的情况。当马海德检查完，看到病人没有手或只有一只手，他二话不说，还亲自为他们穿上鞋袜。

那些"全副武装"的年轻医生见到马海德在接触病人后，只是用肥皂仔细地洗几遍手，心里也逐渐打消了对麻风病人的恐惧。一位年轻的医生说："马大夫以自己的实际行动，彻底消除了我们对麻风病的恐惧。他的'身教'胜于'言传'，以后，我们再也不用'全副武装'了。"

离开海口后，马海德又带着医疗队去了深山里的村寨。当时有的村寨正在流行恶性疟疾，他叮嘱医疗队员们一定要按时服用预防疟疾的药。在炎炎

"怕脏怕臭做不了医生"

烈日下，他带领大家继续对各村进行检查。在一个设在深山中的"麻风村"里，马海德发现有几个患皮肤病的人，被当作麻风病人送到这里了。他立刻对这几个人进行了反复检查，确认是误诊后，马上安排相关部门将他们送出去。临走前，这几位村民对马海德的医疗队千恩万谢。

随后，马海德又带着医疗队到江西革命老区，开展防治、检查麻风病的相关工作。在马海德的主持下，医疗队在江西当地很快就培养出了一支防治麻风病的骨干队伍。

马海德在江苏省海安县和广东省潮安县，先后主持建立了两个麻风病综合防治研究基地。同时，会同皮研所麻风研究室的专业人员，以及当地防治人员，在这两个地区长期蹲点。从一九六〇年到一九六五年，马海德带着医疗队"五下潮安"。在"麻风村"选址、建村的关键时刻，以及每年一次的普及治疗时，他都会亲临现场。

马海德是一个工作非常严谨的人。无论到哪一个麻风病区检查，他都会随身带上一个小本子，随听随看随记。有一次，枫溪乡党委书记向他汇报工作，马海德一边听一边记，忽然，他发现统计出的病人人数比上一年少了两人，便立刻问道："现在的统计数字，怎么跟过去不相符啊？"

当地负责麻风病防治的医生解释道："有两个病人去年死了，去年年终统计时没有及时把他们的名字去掉。"

经过长期的研究后，细心的马海德发现，把麻风病人集中隔离，容易给他们造成巨大的精神压力，从而引发心理疾病。因此，他开始积极主张对麻风病采用"开展社会防治和隔离治疗相结合"的新办法。

一九五八年，江苏的部分地区被划归到上海市，同时这部分地区里的不少麻风病人也划给了上海市，以至于上海市的麻风病人一时间无法进行集中隔离诊治。马海德提出了希望上海能大力开展社会治疗麻风病工作的建议。上海市政府采纳了他的建议，在无法对麻风病人进行集中治疗的情况下，加大力度重点抓院外治疗，确实使麻风病在上海地区的流行逐步得到了控制，并且在全国率先完成了基本消灭麻风病的任务。

马海德看到上海取得的成果后非常高兴。在抗击麻风病的战役中,这位常胜将军取得了阶段性的胜利。虽然战役还未完全结束,但可以看到胜利的曙光了。试点县的经验经过总结后,由卫生部向全国推广,加快了我国消灭麻风病的进程。

再见父亲

一九六二年夏天,马海德难得有一阵休息放松的时间,于是全家人来到北戴河度假。他仰面躺在水里,静静地望着蓝天上的白云,任思绪慢慢飘荡。

多么难得的休闲时光啊!

忽然,岸上有人喊道:"马大夫,马大夫,快上来,你爸爸来了!"

听到这句话,马海德不由得一愣,他一边往岸边游,一边对身旁的妻子说:"我爸爸来了?不可能!"

上岸后,招待所的服务人员对他说:"北京来电话了,电话里好像说你父亲来了,我听不太清楚。你快点去接吧！"

马海德听得云里雾里，但听出了与父亲有关，他急忙跑去接电话。

电话是卫生部外事局的同志打来的，说马海德的父亲在中国驻叙利亚大使馆。原来，七十四岁的老父亲在一份报纸上看到一条消息，说他的儿子已经在中国当上卫生部顾问了，还与毛泽东和周恩来是好朋友。得知儿子的消息，老父亲特别高兴，迫切地想见见已经与自己阔别三十多年的儿子。

那时中国和美国还没有建交，而叙利亚是最早与中国建立外交关系的阿拉伯国家之一。马海德的父亲从美国纽约坐飞机到叙利亚大马士革。一下飞机，他就直奔中国驻叙利亚大使馆，要求见中国大使。使馆工作人员问老人家有什么事，他回答："我是马海德的父亲。"

当时中国驻叙利亚大使徐以新和夫人陆红都认识马海德，他们知道马海德的父亲在美国。怕远在美国的家人担心，马海德一直没有联系过自己的家人。直到美军观察组联系上他父亲，老海德姆一家才终于有了儿子的消息。通过延安美军观察组这个渠道，这位老父亲曾给马海德带来了两只大箱子，里面装满吃的、用的和穿的，更寄托了他对儿子的思念。

陆红见到老人家，发现他和马海德长得几乎一模一样。老人家提出的要求只有一个，就是想见见儿子。在确认了老人家的身份后，徐以新立即向外交部发电报汇报此事。

马海德一家三口动身前，外交部部长陈毅特意在北京的四川饭店为他们一家饯行。饭桌上，马海德开玩笑地对部长说："陈老总，你怎么就这么放心让我出去啊？你就不怕我不回来吗？"

陈毅听了开怀大笑，明白马海德是在说笑，他离家几十载，跟随中国共产党艰苦奋斗，从没打过退堂鼓。陈毅要马海德放心去看老父亲，老人想儿子是人之常情，中国共产党是讲人情的，他相信马海德一定会回来的。

饭后，陈毅还与马海德相约，等他回来仍在四川饭店为他接风洗尘。

马海德一家人从北京出发，先乘飞机到莫斯科，在莫斯科换机飞到捷克斯洛伐克的布拉格，再乘坐从布拉格出发的每周一班的航班到达叙利亚的大马士革。

他们到达叙利亚的中国大使馆时,大使已派车去接马海德的父亲了。放下行李,马海德一家顾不上休息,站在大使馆门外激动地等候着。

载着马海德父亲的汽车终于到了,缓缓停在使馆前。马海德赶紧上前打开车门,看到多年未见的老父亲,马海德的眼泪再也控制不住,唰的一下就流了出来。他张开双臂,紧紧地和父亲拥抱在一起。三十多年的日思夜念啊,终于盼来了这一刻!

随后,马海德向老父亲介绍了妻子和儿子,老父亲热烈地拥抱了他的儿媳和孙子。马海德和周苏菲一左一右挽着老人的手臂,走进大使馆早已给他们安排好的临时住房——一栋别墅。作为临时住房,里面设备齐全,有厨房、洗澡间,还有专门为他们请的一位厨师。

一家人好不容易聚在一起,白天马海德一家都陪在老父亲身旁。每天下午,老人家喜欢和孙子幼马在使馆游戏室玩桌上弹球机。幼马玩不过爷爷,总是输,爷爷开玩笑说:"你输了这么多次,该给我点什么呢?"

幼马一脸认真地说:"爷爷,可我什么都没有呀!"说着,还把自己的裤兜翻出来给爷爷看。爷爷被他可爱的样子逗得哈哈大笑。

九月二十六日是马海德的生日,马海德一家也准备回国了。大使馆为他们举办了一个告别会,老父亲让马海德一定把住在黎巴嫩哈马纳镇海德姆家族的所有亲戚都请来,他要为儿子过一个隆重且难忘的生日。

按照父亲的意思,马海德发了三十多张请柬,结果生日当天,哗啦啦来了一百多人。在生日招待会上,海德姆家族的男人们都穿着燕尾服,个个都绅士又帅气;女人们都穿着晚礼服,打扮得漂亮且优雅。来的人比预想中多了两倍,使馆的同志们都忙前忙后地招待客人。

晚餐后,使馆招待他们看电影《红色娘子军》,礼堂里只有五十个座位,还有许多客人站在门口和院子里。这一天老父亲精神矍铄,容光焕发,他对儿子的这个生日宴特别满意,还送给儿子一个生日礼物——一部录音机。

再见父亲　117

过完生日第二天，要面临别离了。在机场，祖孙三代人热烈地拥抱在一起，依依不舍。老父亲的眼泪一次次涌出眼眶，怎么擦也擦不完。他把自己的箱子和箱子里边的衣物全部留给了马海德。

马海德强颜欢笑，安慰着老父亲："您别难过，我们会去看望您的。"

遗憾的是，在叙利亚分别四年后，马海德的父亲就去世了，再也没机会等到和马海德的再次见面。

再见父亲　119

带病寻外援

由于长年投入工作，马海德积劳成疾，从一九七六年到一九八四年，他陆续做了八次较大的手术。好几次情况都不是很乐观，可是他凭借顽强的生命力，一次又一次奇迹般地挺了过来。他对妻子和亲朋好友说："我会战胜疾病的，我还有好多事情要做。"只要身体稍微好些，马海德就重新回到防治麻风病的第一线。

一九八二年农历大年初一，千家万户正沉浸在春节的喜悦之中，马海德家的大门敞开着，马海德、周苏菲和儿子幼马正进进出出给车子的后备厢里装东西，准备去拜年。车子出发后驶向河北省望都麻风病院，他们要去看望的正是这里的麻风病人。他们给病人带去的新年礼物是病人急需又很贵的药，还有不少毛巾、肥皂和糖果等。这些年礼，都是马海德一家自己出钱购买的，这也是他们第二次春节期间来这儿拜年了。

在看望医院里的麻风病人时，马海德就像他们的亲友一般嘘寒问暖，仔细查看每一位病人的情况，用握手、拥抱来表达他最诚挚的关心。有的病人手上有溃烂的伤口，手指伸不直，呈鸡爪状，不好意思和马海德握手。马海德丝毫不介意，他很自然地和每位病人握手、交谈。一位病人激动地流着热泪说："马老，我患病二十五年，没有人敢跟我握手，您是第一个啊！"

为了让更多的麻风病人得到急需的药品，马海德带领医疗小组开始针对沿海一带的麻风病防治工作，以包片包干的方式寻找外援。在很多场合，马海德都说过"防治麻风病必须把全世界都动员起来，寻求多方合作"。

在几年的时间里，他带病陆续走访了十几个国家：与比利时厂商谈麻风病防治药品捐赠项目，与印度、泰国开展学术交流，与日本举办假肢技术培训，参加国际麻风大会，等等。只要是对我国开展麻风病防治有利的事，马海德都去做。

马海德虽然是洋面孔、外国血缘，但去国外谈援助时，他一直保持着中国人的尊严，同外国人说话，态度不卑不亢。私底下，他也一直对随同出国的考察组成员强调说话的技巧和分寸。他常常告诉援助方，我们在某省有多少所麻风病院，其中住了多少名麻风病人，我们准备在几年之内治愈全部病人，随后开诚布公地问对方："你们是否愿意同我们合作？将来消灭了麻风病，也有你们的一份功劳。我们中国人民会感谢你们，国际上也会承认你们。"他很注意措辞，也很睿智，在整个交谈过程中，会让对方感受到双方是合作关系，而不是你们援助我们、救助我们——我们会出相应的人力、物力和专业技术，你们只需要根据我们的需求，提供必要的支持，一起来把消灭麻风病这件事情做好！

在马海德和同志们的努力下，一九八五年，我国恢复成立了中国麻风防治协会和中国麻风福利基金会，并在广州成立了中国麻风防治研究中心。有了这样的平台，我国在跟世界其他国家及地区开展防治麻风病合作时，比以前更方便、更灵活了。

　　一九八六年和一九八七年，马海德特别忙碌。为了加紧落实各国麻风防治相关组织对我国的援助，已身患癌症、身体状况越来越不好的马海德，带病出访了十几个国家，为每个有麻风防治任务的省区找到了对口支援的国际麻风防治组织，还带回了上千万美元的医疗器械、交通工具和药物。

　　一九八七年十一月，在马海德的倡议下，卫生部在昆明召开了第三届全国麻风防治工作会议。会议期间，马海德作为中国麻风防治协会理事长，组织召开了第一届理事会第三次扩大会议。这次会议确定了从一九八八年开始，与国际接轨，将每年一月的最后一个星期日"国际麻风节"当日定为"中国麻风节"等决定。

病房里的办公室

马海德为新中国麻风病防治事业做出的贡献，得到了全世界的公认。一九八八年初，马海德由妻子周苏菲陪同飞往新德里，去领取印度颁发给他的"国际甘地奖"。该奖项专门授予国际上对麻风病防治做出突出贡献的专家，被视为国际麻风病防治最高奖。

从新德里回来后，马海德的精力和体力远不如从前，健康情况让人担忧。后来几个月，他出入医院好几次。住院期间，马海德就把办公室搬到医院。病房里添了一张桌子，他将经常用的那部英文打字机摆放在桌子上，每天依旧坚持打字办公，打字机旁摆着各种关于麻风病防治的材料、国际交流的材料、各省的报告、科研进展情况说明和他的笔记本。家人和来看望他的人都劝他多多保重身体，他笑着回答："趁我还跑得动，这两年还要多筹集些资助。"

同年八月，马海德强忍着病痛参加了在北戴河举行的麻风防治外援计划座谈会。回到北京，他已经无力坐起和行走，只能由儿子幼马背下车。躺在病床上，马海德颇为惋惜地对儿子说："如果再给我两年时间，我就能把消灭麻风病的工作干得差不多了。"

一天，他觉得身体恢复了一些，开玩笑说："马克思说我的麻风防治工作还未搞好，不让我去报到！"他满脑子想的都是工作，独独忘记了自己是一个需要休养的病人。

九月二日，去海牙出席第十三届国际麻风会议的代表们在出发前，一起来医院看望马海德。马海德叮嘱他们，到了会上，一定要努力多交朋友，认真学习人家的会议组织工作……等代表们开完会回来，他却进入了弥留状态。

九月二十三日，中华人民共和国卫生部授予马

病房里的办公室

海德"新中国卫生事业的先驱"光荣称号,为了表彰马海德半个世纪以来为中国人民做出的卓越贡献,奖状上写着"无私无畏的国际共产主义战士,全心全意为人民服务的光辉典范"的评语。三天后是他的生日,时任卫生部部长陈敏章亲自把奖状捧到他的病床前。

这天,他忽然醒了,睁开眼睛费了很大力气问妻子:"去海牙的人回来了吗?"

妻子回答:"他们回来了。"

马海德听完,安详地闭上了眼睛。

一九八八年十月三日,马海德在协和医院含笑告别了爱他的亲人和朋友们,告别了他热爱的这个世界,也告别了他奋斗了五十五个春秋的第二故乡——中国,享年七十八岁。这位长着洋面孔的可亲可敬的中国老人,身上覆盖着一面鲜红的党旗,安详地躺在花圈丛中。

马海德一生为防治麻风病呕心沥血,他去世之后,他的家人也尽最大的努力,进入麻风防治领域,为了马海德的遗愿继续奋斗。在马海德去世后第二年,他的家人成立了马海德基金会,这是中国当时唯一一个出资奖励在麻风防治工作中有突出贡献的医务工作者的基金会，完成了马海德的心愿。

马海德用心血建立起中国麻风防治的优秀队伍，虽然这位医疗战场上的常胜将军没有亲眼看见中国最终取得基本消灭麻风病的胜利，但在中国共产党的领导下，在各级政府、卫生部门和国际社会的多方支持下，中国麻风防治队伍继承马海德的遗愿，通过不懈的努力，于二十世纪末最终总体实现了在我国基本消灭麻风病的目标。

党和人民没有忘记马海德，二〇〇九年，在新中国成立六十周年之际，马海德入选"100位新中国成立以来感动中国人物"。二〇一九年，在新中国成立七十周年之际，马海德被授予"最美奋斗者"个人荣誉称号。

不失其所者久，死而不亡者寿。马海德虽然离开了我们，但是他的精神却时时激励着我们奋力前行。